Rendez-vous à Venise

Eva Prud'homme
Olga Prud'homme-Farges
Illustrations d'Adrien Chapuis

Rendez-vous à Venise

RAGEOT

À nos parents adorés qui nous ont transmis le goût des voyages.

ISBN 2-7002-3226-7
Encadrés de Florence Rech

SOMMAIRE

Les récits **I, III, IV, VIII, X** ont été écrits par **Eva Prud'homme.**

Les récits **II, V, VI, VII, IX** par **Olga Prud'homme-Farges.**

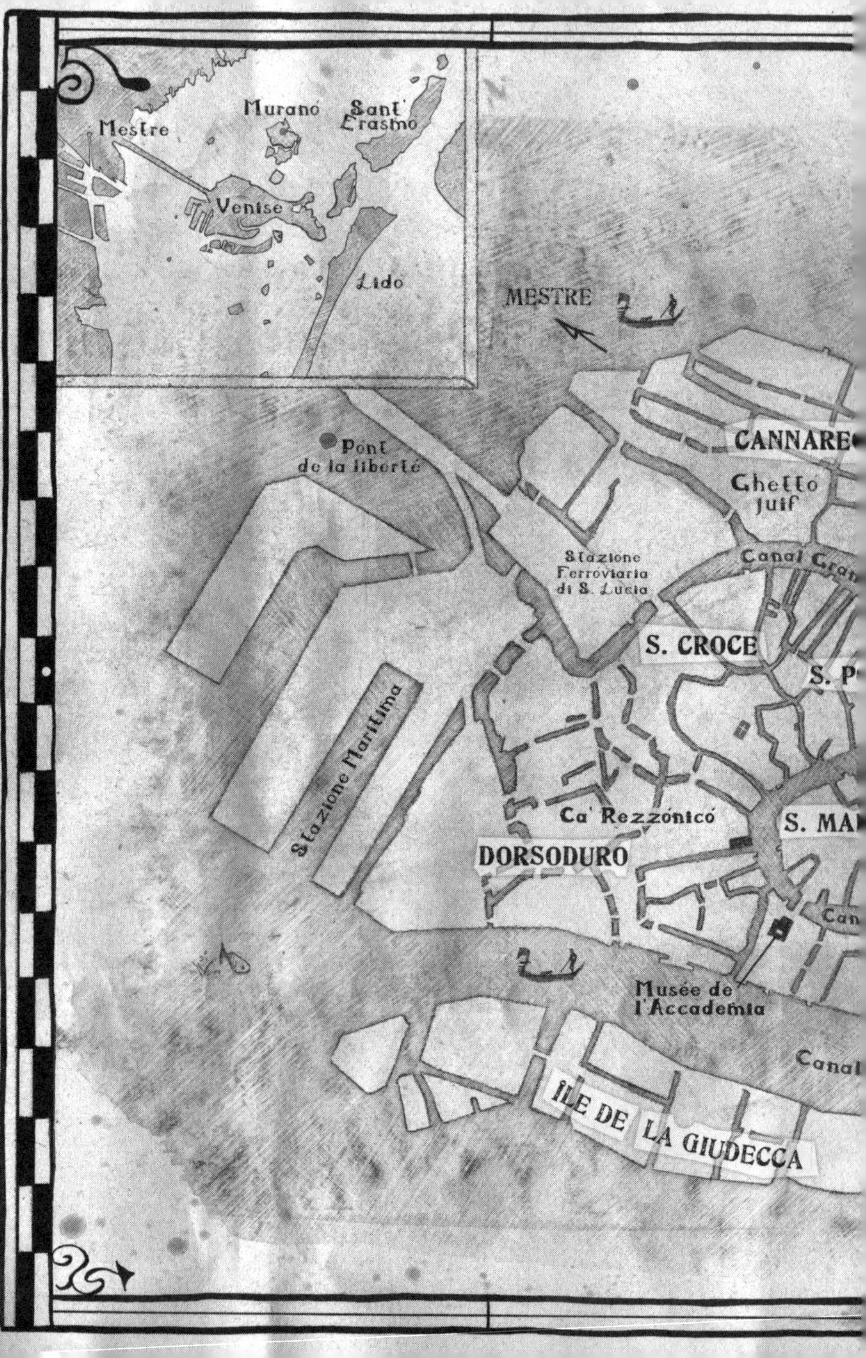

Murano
Sant' Erasmo
Mestre
Venise
Lido
MESTRE
CANNAREG
Pont de la liberté
Ghetto juif
Canal Gran
Stazione Ferroviaria di S. Lucia
S. CROCE
S. P
Stazione Maritima
Ca' Rezzonico
S. MA
DORSODURO
Can
Musée de l'Accademia
Canal
ÎLE DE LA GIUDECCA

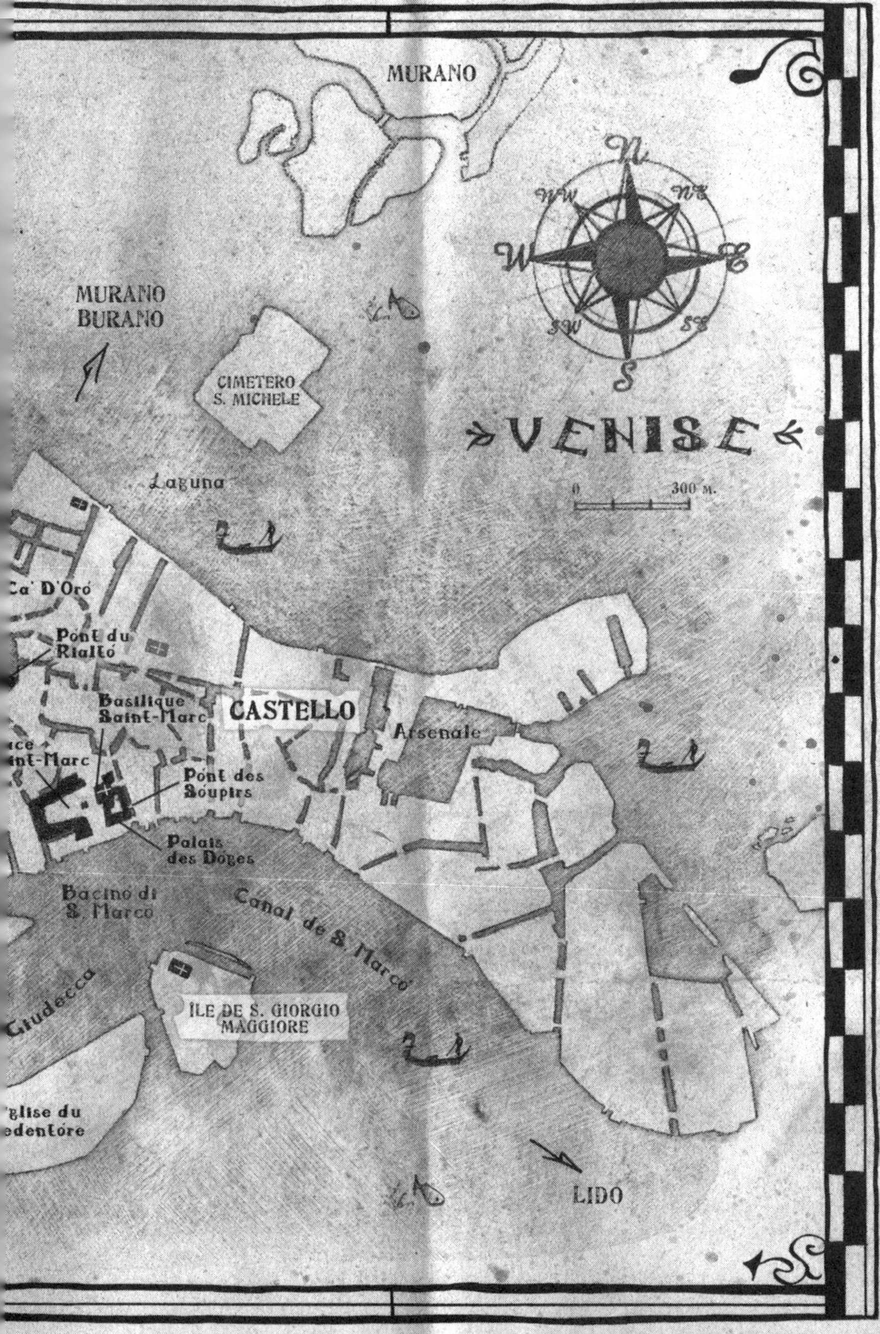
MURANO
MURANO
BURANO
CIMETERO
S. MICHELE
VENISE
0
300 M.
Laguna
Ca' D'Oro
Pont du
Rialto
Basilique
Saint-Marc
CASTELLO
Arsenale
Pont des
Soupirs
Palais
des Doges
Bacino di
S. Marco
Canal de S. Marco
Giudecca
ILE DE S. GIORGIO
MAGGIORE
LIDO

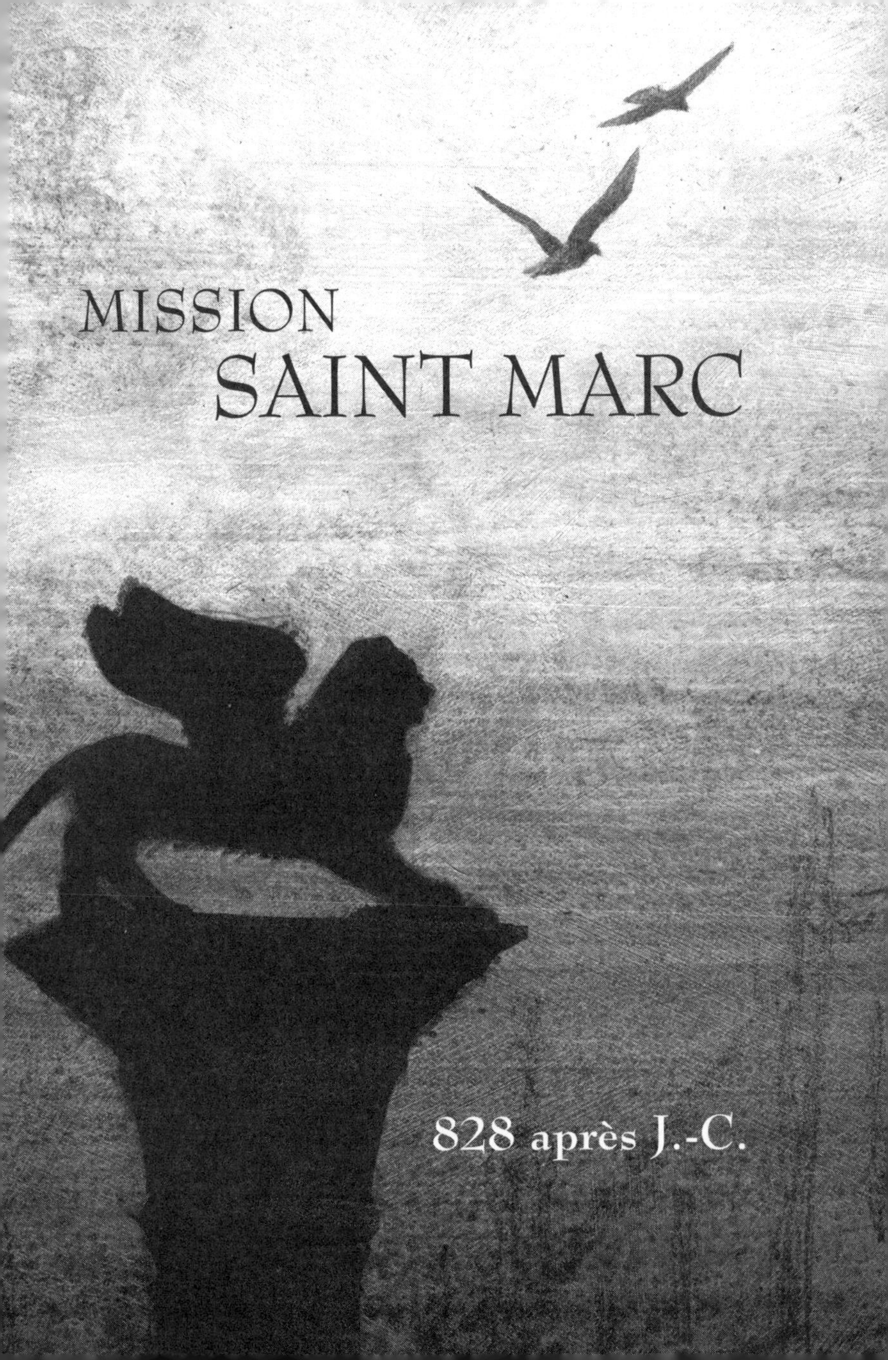
MISSION
SAINT MARC
828 après J.-C.

Ce jour de l'année 828, le doge Giustiniano Partecipazio, pensif, contemplait la statue de saint Théodore dont le pied était posé sur un dragon fraîchement terrassé. Il réfléchit à haute voix :

– Il fut un temps où Venise appartenait à Byzance et à son Empire. Il était logique que le saint patron de la ville fût alors ce Théodore, un guerrier byzantin. Mais depuis nous avons acquis notre indépendance, et je me dis qu'il faudrait le remplacer par un autre protecteur.

Le doge poussa un soupir. Sous quel saint la Sérénissime pourrait-elle se placer ? Un silence pesant s'installa, que la dogaresse, qui pourtant s'exprimait rarement car elle préférait prier, osa rompre.

– Pourquoi pas Marc ? suggéra-t-elle d'une voix douce.

Son mari la dévisagea avec étonnement.

– Marc l'évangéliste, reprit-elle avec fermeté.

– Et pourquoi Marc plutôt que Luc, Matthieu ou Jean ?

Felicita Partecipazio rectifia du revers de la main un pli de sa robe en velours. Puis elle leva les yeux et posa sur son époux un regard tranquille.

– À l'époque où naissait la religion de notre Seigneur, expliqua-t-elle, Pierre son apôtre chargea Marc de se rendre en Vénétie pour répandre la bonne parole. Ce qu'il fit. Sa mission accomplie, Marc prit le chemin du retour vers Rome. Mais une tempête éclata qui contraignit son navire à trouver refuge dans la lagune.

Quittant le siège en chêne sculpté qu'elle occupait, la dogaresse s'approcha de la fenêtre qui donnait sur la rive et les quais, et reprit son récit.

– Venise n'existait pas encore. Marc accosta sur une île, le futur Rialto. À l'abri des éléments en colère, il s'endormit. Alors un ange de notre Seigneur lui apparut en rêve. Il lui adressa ces mots : « *Pax tibi Marce, Evangelista meus.* »

Giustiniano Partecipazio savait assez le latin pour que l'apostrophe « Que la paix soit avec toi, Marc mon évangéliste » n'ait pas à lui être traduite. Mais il n'était pas certain de saisir tout à fait le sens de ce songe.

– Eh bien, s'impatienta-t-il, que signifiait ce rêve ?

– Par ces mots, reprit sa femme d'un ton égal, l'ange prédisait à Marc que c'est à Venise qu'il trouverait la paix éternelle.

Le visage du doge s'éclaira.

– Et où repose-t-il actuellement ?

– À Alexandrie d'Égypte, dont il fut l'évêque et où il fut martyrisé à Pâques, un 25 avril.

À l'énoncé de cette date, le doge ouvrit des yeux ronds.

– Quelle coïncidence, n'est-ce pas, mon époux ! murmura Felicita. Ne dit-on pas justement que Venise a été fondée un 25 avril ?

Giustiniano se leva avec détermination et, tournant le dos à la statue de Théodore, il formula un ordre qui résonna alentour :

– Qu'on me trouve au plus vite celui qui ira à Alexandrie et qui en rapportera les reliques[1] de saint Marc !

Un mois plus tard, deux marchands, Buono Di Malamocco et Rustico Di Torcello parvenaient en vue des côtes égyptiennes. Tout opposait les deux hommes, au physique comme au moral. Rustico était grand, maigrichon et timoré tandis que Buono était petit, rondouillard et plein d'audace.

1. Au Moyen Âge, les chrétiens vénéraient les ossements des martyrs de la foi, venaient prier à l'endroit où ils étaient conservés et pensaient que ces reliques pouvaient provoquer des miracles.

À peine posèrent-ils le pied sur le quai du port d'Alexandrie que la rumeur qui bruissait par toute la ville parvint à leurs oreilles. Le calife qui régnait alors sur l'Égypte avait décidé, peu de temps auparavant, l'édification d'un somptueux palais. Mais comme la pierre manquait, il avait ordonné que tous les marbres et toutes les colonnes des églises chrétiennes fussent récupérés pour servir à la nouvelle construction.

– Nous arrivons à point, fit remarquer Buono à son camarade. Qui sait si les Sarrasins ne s'en sont pas déjà pris au temple dans lequel repose saint Marc. Allons !

Sur ces mots, il entraîna vers la ville un Rustico très inquiet à l'idée de se retrouver face à des musulmans profanateurs qu'il imaginait armés de mille pioches.

La confusion régnait dans l'église de saint Marc. Les deux marchands vénitiens parvinrent cependant à se faire introduire auprès du moine Stauracio en charge des lieux. Ils le trouvèrent passablement ébranlé par les sévices qu'il avait subis le matin même. Il reposait sur sa couche, le corps couvert d'onguents et de pansements.

Pour avoir tu l'existence d'une belle colonne de marbre dans son temple, il avait été fustigé jusqu'au sang. Cette mésaventure, au-delà de la souffrance physique, avait provoqué en lui une angoisse spirituelle qu'il confia à ses deux visiteurs :

– Si les Sarrasins ne respectent pas nos lieux de prière, ils n'auront pas non plus d'égard pour les dépouilles de nos saints. Je crains que les reliques de Marc ne soient en grand danger.

Lesquels visiteurs saisirent l'incroyable occasion qui leur était offerte pour présenter leur requête.

– Stauracio, tu as cent fois raison, approuva Buono. Le corps de Marc n'est plus en sécurité à Alexandrie. C'est pourquoi nous te proposons de l'emporter dans notre bonne ville de Venise où il recevra une sépulture digne de sa sainteté.

– Si tu n'y vois pas d'inconvénient, ajouta prudemment Rustico.

La première réaction du moine fut l'incrédulité. La seconde, le soulagement.

– C'est là sans doute le moyen le plus sûr de sauvegarder les précieux ossements ! s'écria Stauracio rasséréné. Suivez-moi !

Et il se leva promptement, semblant oublier sa fatigue et ses douleurs.

Cependant, quand ils furent parvenus devant le sarcophage qui renfermait les restes de l'évangéliste, le moine fut saisi d'inquiétude.

– Marc est l'objet de moult dévotions parmi les chrétiens d'Alexandrie. Quand les fidèles apprendront que son sarcophage a disparu, qu'on les prive de la protection de leur ancien évêque, ils déclencheront une véritable rébellion...

Rustico, qui se voyait déjà poursuivi par une foule de croyants armés jusqu'aux dents, s'apprêtait à renoncer au projet lorsque son compagnon s'écria avec aplomb :

– Pourquoi sauraient-ils quelque chose de l'enlèvement ? Nous procéderons ni vu ni connu. Nous laisserons ici le sarcophage et nous remplacerons la momie de Marc par une autre momie fort semblable. Nous opérerons avec la plus grande discrétion, et de nuit. Cette nuit !

Lorsque l'obscurité fut tombée sur l'Égypte, guidés par les étoiles et par Stauracio, un Buono téméraire et un Rustico apeuré s'introduisirent dans le cimetière chrétien d'Alexandrie à la recherche d'un cadavre de substitution. Ils portèrent leur choix sur celui de sainte Claudia dont la momie trouva bientôt place dans le tombeau de Marc. Le lendemain, les fidèles qui vinrent se recueillir devant les reliques sacrées ne devinèrent rien de ce qui s'était déroulé pendant leur sommeil.

Entrer en possession de la dépouille mortuaire de Marc ne constituait, toutefois, que la première étape de la mission des deux Vénitiens. Il leur fallait à présent la rapatrier dans la Sérénissime et, pour ce faire, passer la douane égyptienne. Assis sur un rocher surplombant le rivage, Buono et Rustico étaient plongés dans une profonde perplexité, car ils ne savaient comment procéder. Rustico, le premier, secoua sa carcasse tout en longueur.

– Nous pourrions jouer franc jeu et avouer la vérité sur ce que nous emportons, proposa-t-il d'une voix hésitante.

Il craignait la fraude et ses complications.

– Qu'y trouveront-ils à redire, à la douane ? ajouta-t-il. Après tout, ils se moquent bien de saint Marc. Pour eux, seul importe le prophète Mahomet.

Buono ne partageait pas l'optimisme de son compagnon. Il agita un doigt boudiné et expliqua :

– La religion ne change rien à l'affaire. Le trafic de momies est strictement interdit. Non, il nous faut jouer d'astuce. Il s'agit d'imaginer un moyen de dissimuler la dépouille.

Les deux Vénitiens en étaient là de leurs palabres lorsqu'un cochon sauvage surgit de derrière un fourré et avança en remuant sa queue en tire-bouchon. Plein de témérité, il s'approcha du panier qui contenait la momie de Marc. De son groin fouineur, il entreprit d'en agrandir l'ouverture. Avec un petit cri de frayeur, Rustico sursauta tandis que Buono saisissait un bâton et se précipitait pour assommer le porc.

– Quelle sale bête ! glapit Rustico.

À ces mots, Buono tressaillit. Il se précipita vers Rustico dont il saisit les épaules en criant :

– Mais bien sûr ! Bien sûr ! Tu l'as dit : « sale bête ». Eh oui, sale bête ! Voilà comment nous allons déjouer la vigilance de la douane égyptienne !

Il se mit alors à sauter sur place d'excitation. Puis il entraîna son ami – incrédule – dans une danse folle autour de l'animal. Qui de Rustico ou du cochon comprit le mieux ces vociférations, cela reste un mystère...

Dans le port d'Alexandrie noyé de crépuscule, la galée[1] de Buono Di Malamocco et Rustico Di Torcello annonçait son départ imminent : un gros lot de marchandises – soieries de Chine, épices d'Inde, tapis d'Orient et encens d'Arabie – avait été chargé. La voile hissée claquait au vent. La figure de poupe souriait aux rayons du soleil couchant. Les rameurs étaient installés sur leurs bancs, le capitaine se tenait au pied du mât. Il criait des ordres à son équipage quand Buono et Rustico apparurent sur le quai, portant un panier à embarquer. Le chargement devait en être bien précieux, car ils le transportaient avec d'innombrables précautions. Ils le déposèrent doucement devant le douanier qui contrôlait le chargement du bateau. Après les salutations d'usage, il leur demanda :

– Qu'y a-t-il là-dedans ?

Rustico blêmit. Buono bomba le torse. Les deux hommes échangèrent un regard entendu que l'Alexandrin ne remarqua point.

– Voyez vous-même, monsieur ! suggérèrent-ils d'une seule voix.

Le douanier s'approcha du panier et en souleva le couvercle. Le contenu lui arracha un hoquet de surprise.

1. La galée était un bateau à voiles et à rames.

– Par Allah, mais c'est de la viande de porc ! gronda-t-il.

Son exclamation fut reprise en écho par les employés de la douane qui travaillaient à proximité.

– Kanzir ! Kanzir ! fut le cri qui se répandit sur le quai.

L'Alexandrin jeta un coup d'œil de défiance aux Vénitiens qui mimaient – non sans talent – la plus grande des incrédulités.

– Ne savez-vous pas, leur dit-il, que la viande de porc répugne aux musulmans ? Que le Coran nous enseigne en sa sourate V : « Voici ce qui vous est interdit : la bête morte, le sang, la viande de porc » ?

– Nous... nous l'ignorions... bégaya Rustico. Notre sainte Bible n'interdit rien de tel...

Et Buono de renchérir avec fermeté :

– Et c'est tant mieux. Nos voyages durent parfois de longues semaines et la viande de porc se conserve bien mieux que celle du bœuf ou du mouton. Voilà pourquoi nous ne manquons jamais d'en emporter une importante quantité à bord.

Ce disant, il indiqua d'un geste de la main le panier rempli de morceaux de cochon saupoudrés de gros sel. Le douanier jeta au chargement un regard sombre.

– Loin de moi cette chair impure, ordonna-t-il. Dégagez le quai et embarquez au plus vite !

Les marchands de Venise n'en attendaient pas davantage. Ils se précipitèrent sur leur panier, le soulevèrent de terre et le transportèrent jusqu'à leur galée.

Une minute plus tard le capitaine larguait les amarres ; une heure plus tard le rivage d'Égypte disparaissait dans le lointain. Alors, et alors seulement, Buono et Rustico poussèrent à l'unisson le plus grand soupir de soulagement qui se puisse entendre. Ils s'approchèrent de la grande corbeille, l'ouvrirent et s'emparèrent à pleines mains des morceaux de porc qu'ils lancèrent par-dessus bord. Bientôt apparut l'étoffe protectrice qui couvrait les reliques sacrées de Marc l'évangéliste. Rustico Di Torcello et Buono Di Malamocco tombèrent à genoux en pleurant de joie et se mirent à prier.

Protégée par la clémence de saint Marc, la galée voguait sur la Méditerranée à vive allure, profitant des courants et des vents favorables, semblant trouver d'elle-même le chemin vers Venise. Aussi les deux voyageurs en profitaient-ils pour se défier à la pêche ou applaudir au spectacle des dauphins bondissants. Ce jour-là, ils se reposaient en contemplant la mer qui s'étendait à perte de vue quand, tout à coup, Rustico s'égosilla d'une voix paniquée :

– Pirates à bâbord!

À ce cri, Buono se redressa pour scruter la direction que son camarade indiquait d'un doigt tremblant. Il soupira bruyamment et esquissa un sourire.

– Calme ton alarme, ami. Le navire à l'approche bat pavillon vénitien!

Heureux d'une semblable coïncidence, les deux compagnons gesticulèrent tant et plus pour presser leurs compatriotes de s'approcher à portée de voix.

– Que saint Théodore vous protège, cria-t-on depuis l'embarcation amie.

– Non! Que saint Marc vous protège, corrigea Buono.

Comme l'équipage d'en face s'étonnait d'une semblable bénédiction, le marchand – qui brûlait de partager le secret de l'incroyable équipée – se lança dans la narration circonstanciée de la mission saint Marc. Son récit fut accueilli avec sarcasme.

– Ainsi vous prétendez transporter des reliques sacrées ? s'esclaffa le capitaine, goguenard, et il éclata d'un rire tonitruant qui déchira l'air marin.

Sans doute fut-ce là une hilarité impie car soudain, sans que Buono ni Rustico esquissent le moindre geste, leur navire, comme piqué dans son orgueil, se cabra sur les vagues et vint heurter violemment la coque du bateau d'en face. Un terrible craquement se fit entendre. La nef tangua dangereusement. La voile claqua jusqu'à se déchirer.

L'équipage secoué chuta sur le pont dans un désordre de bras et de jambes. Le capitaine – il ne s'esclaffait plus, son rire s'était étouffé dans sa gorge – tournoya sur lui-même et passa par-dessus bord. Il disparut sous les vagues dans un éclat d'écume, avant de reparaître à la surface, crachant l'eau par la bouche et les narines. Il se mit à battre frénétiquement des pieds et des mains pour se rapprocher du voilier de ses deux compatriotes.

Buono et Rustico, inspirés sans doute par la clémence de Marc, s'emparèrent prestement d'une corde. Mais ils escomptaient d'abord obtenir des excuses. Le marin, entre deux gargarismes à l'eau de mer, ne savait à qui s'en prendre de sa mésaventure.

– Que diantre s'est-il passé ? Comment ce choc s'est-il produit ? Quelle main a guidé votre bateau ?

– Ne le devines-tu pas ? interrogea Rustico.

La réponse aurait fait blêmir le capitaine s'il n'était déjà bien pâle au milieu des flots bleus.

– Un miracle de saint Marc ? bégaya-t-il, incrédule.

L'incroyable vérité s'imposa à lui et il répéta :

– Un miracle de saint M…

Mais son cri de converti fut englouti par une vague qui déferla sur sa tête. Buono et son camarade n'attendirent pas une seconde de plus. Ils lancèrent leur cordage en direction du naufragé.

La dogaresse, à sa fenêtre, regardait le jour se lever sur la lagune vénitienne. Voilà plus de deux mois qu'elle guettait le retour des marchands partis en mission à Alexandrie. Soudain elle tressaillit. Cette voile, là-bas, cette voile qu'il lui semblait reconnaître… N'était-ce pas… ? Mais bien sûr c'était…

– … la nef de Rustico Di Torcello et Buono Di Malamocco ! Ils sont de retour !

Elle se précipita à la recherche de son mari tandis que l'écho de ses derniers mots résonnait entre les murs du palais.

Buono et Rustico accostèrent devant la Piazzetta sous les vivats du peuple qui les escorta jusqu'au balcon ducal, où les attendaient Giustiniano Partecipazio et sa femme Felicita, en habits d'apparat, entourés de la noblesse vénitienne.

La dogaresse se pencha vers son époux pour lui murmurer quelques mots. Quelques mots repris aussitôt par Partecipazio, qui proféra avec solennité une formule latine à jamais célèbre :

– Bienvenue parmi nous, et *pax tibi Marce Evangelista.*

Les précieux ossements de saint Marc furent déposés dans une chapelle aménagée dans le palais, à côté de celle dédiée à saint Théodore, le répudié.

La pieuse épouse du chef de la ville allait quotidiennement se recueillir auprès de la dépouille. Et quotidiennement, elle se répétait que l'évangéliste méritait une sépulture plus resplendissante. Elle fit part de son sentiment à son mari.

– Nous édifierons pour notre « hôte » une église digne de sa sainteté, lui promit le doge.

Il tint parole. Quatre ans plus tard, Rustico Di Torcello et Buono Di Malamocco, rouges de fierté, se tenant droits dans leurs costumes de cérémonie, assistaient en invités d'honneur à l'inauguration de la première basilique de la Sérénissime. Un orgueil difficilement descriptible les submergeait, car magnifique était l'écrin consacré aux reliques qu'ils avaient rapportées d'Alexandrie au péril de leur vie. Leur fierté serait plus grande encore aujourd'hui s'ils savaient que, depuis lors, Marc est devenu grâce à eux, et est demeuré sans faillir, le saint patron de Venise.

Si vos pas vous conduisent jusque là-bas, approchez-vous des mosaïques de la basilique, sous la voûte du presbytère. Deux hommes sont représentés à droite d'un sarcophage. Ils portent un panier sur leurs épaules. Les reconnaissez-vous ?

UN DOGE MAUDIT

Palais des Doges. Salle du Grand Conseil. Sous les riches moulures du plafond, s'alignent les portraits des doges de Venise. Mais sur le visage du doge Faliero, élu cinq cents ans après Giustiniano Partecipazio, un voile noir est peint qui porte cette inscription : *Hic est locus Marini Falieri decapitati pro criminibus*, « Ici se trouve l'emplacement réservé à Marino Faliero décapité pour ses crimes. »

Sans doute son dogat a-t-il débuté sous de mauvais auspices. Le jour de son arrivée, Venise est couverte d'un épais brouillard. Contrairement à l'usage, le Bucentaure, où le doge a pris place, accoste au centre du môle de Saint-Marc, ce qui oblige le cortège à pénétrer dans le palais ducal en passant entre les colonnes de saint Marc et de saint Théodore. Or passer entre ces colonnes est réputé porter malheur car on y dresse l'estrade pour les exécutions publiques.

On ne sait exactement si ce fut pour laver une insulte qu'un noble fit à la dogaresse ou s'il souhaitait rétablir le poids politique du doge face au pouvoir des nobles, mais Marino Faliero, peu après son élection, prend la tête d'une conjuration qui échoue. Accusé de trahison, il est exécuté le 17 avril 1355 en haut de l'escalier des Géants.

LES ÉPOUSAILLES
AVEC LA MER
AN MIL

IL ÉTAIT UNE FOIS un conquérant du nom de Pierre Orseolo II. Pierre était né à Venise, d'une noble famille. Son père, Pierre Orseolo Ier, qui avait été doge, lui communiqua le goût du pouvoir ; si bien qu'en 991, Pierre Orseolo II fut élu doge à son tour.

Pierre eut d'abord pour tâche de terminer la construction du palais des Doges que son père avait initiée. Il fit appel aux meilleurs architectes de la ville pour édifier un somptueux palais de bois. Ce palais était non seulement le lieu de sa résidence, mais aussi le siège du gouvernement et des magistratures, abritant salles d'armes, tribunaux et prisons.

En l'an 998, Pierre était un jeune homme d'une trentaine d'années. Il se sentait robuste comme un lion. Lorsqu'il apprit que les côtes de Dalmatie étaient infestées de pirates, il empoigna son sabre, rassembla ses soldats et jeta sa galère à l'eau. La grande mission qu'il attendait venait enfin de lui faire signe. « Tu libéreras tes frères dalmates » crut-il entendre de la voix céleste.

Voilà Pierre, embarqué avec ses plus vaillants compagnons d'armes, voguant sur la mer Adriatique.

Quelques heures après leur départ, le ciel se gonfla de sombres nuages. Des vents violents soufflaient en rafales. Enfin, l'abominable tempête éclata, plongeant l'équipage dans l'effroi. Le navire de guerre échappa, par deux fois, au naufrage. Mais lorsqu'au petit matin les côtes de Curzola, baignées dans les eaux turquoise, pointèrent à l'horizon, le moral des troupes s'en trouva revigoré.

– Tous à vos postes ! ordonna Pierre.

Lui et ses amis combattirent sans merci. Ils poignardèrent nombre de ces corsaires slaves qui, impunément, attaquaient les navires marchands qui sillonnaient la Méditerranée, empêchant tout commerce. Or, justement, Venise ne puisait-elle pas sa puissance du commerce maritime ?

Après Curzola, ce furent les îles de Lagosta et de Lissa, toutes sur la côte dalmate, que Pierre délivra de l'emprise des barbares. Des otages vénitiens furent libérés. Et c'est la tête haute que Pierre regagna sa cité lacustre.

La nouvelle de ses exploits l'y avait précédé et une grande fête se préparait pour célébrer son retour.

Tous les évêques de Vénétie s'étaient rassemblés pour accueillir les guerriers, vainqueurs de ces batailles navales et libérateurs des petits peuples de marins de l'Adriatique. À peine le vaisseau apparut-il dans le bassin de Saint-Marc qu'un déluge de carillons inonda les airs.

– *Dux veneticorum et dalmaticorum*[1] ! scandait le peuple avec admiration tandis que des pétales de fleurs étaient jetés sur le passage du bateau jusqu'à son accostage, face au palais ducal.

Ce retour triomphant ne fut pas sans émouvoir une jeune personne prénommée Dolcetta. Cette demoiselle aux yeux vairons et à la blonde chevelure avait tout juste seize ans. Issue de la plus haute aristocratie vénitienne, elle avait déjà rencontré plusieurs fois le doge.

Ses deux sœurs aînées avaient épousé des cousins éloignés de Pierre. Chacune de ces unions avait donné lieu à de somptueuses cérémonies où les membres des deux familles s'étaient réunis. Dolcetta n'était alors qu'une enfant ; les parties de cache-cache avec les enfants de son âge la distrayaient tant que la présence de Pierre, tout doge qu'il était, n'avait aucunement retenu son attention.

1. Duc des Vénitiens et des Dalmates !

Cette fois, en revanche, lorsqu'elle vit Pierre débarquer sur le quai du palais sous une pluie de pétales, son cœur se mit, secrètement, à chavirer.

Dolcetta se faufila au travers de la foule pour parvenir jusqu'au monarque devant lequel elle s'agenouilla. Quand elle apparut ainsi à Pierre, il arrêta sa lente procession. Alors Dolcetta se releva, redressa la tête et Pierre reconnut celle qu'il connaissait déjà pour l'avoir croisée aux mariages de ses cousins.

Mais jamais encore il n'avait vu en Dolcetta la jeune femme qu'elle était en train de devenir. Jamais il n'avait franchement regardé ce visage aux traits fins et réguliers, cette peau blanche et fine parsemée de gaies taches de rousseur, cette bouche couleur de coquelicot, ce petit nez retroussé et ces yeux, l'un vert, l'autre bleu, si mystérieux. Il remarqua aussi les formes gracieuses de ce corps juvénile.

À la révérence de Dolcetta, Pierre répondit d'un signe de la main qu'il porta à son front, accompagné d'un sourire plein de promesses.

Jusqu'alors, ses responsabilités de doge et ses récentes bravoures militaires avaient plongé Pierre dans un chaste célibat. Cependant, c'était un garçon sensible. Il sentait bien que cette rencontre inattendue le bouleversait quelque peu ; l'image de Dolcetta lui revenait à l'esprit plusieurs fois par jour. Aussi dut-il se rendre à l'évidence ; Cupidon lui avait choisi une promise. La demande en mariage ne se fit pas attendre.

Une date pour la cérémonie des fiançailles fut retenue. Aussitôt, Dolcetta devint le centre des attentions de sa maisonnée.

Tous les matins, un tuteur lui enseignait quelques rudiments de lecture, d'écriture et de latin. Une chanoinesse s'assurait de la maîtrise de ses connaissances d'histoire religieuse. Une noble tante venait même lui apprendre les bonnes manières, celles qu'une maîtresse de maison de son rang se devait d'appliquer.

Mais ce qui amusa le plus la demoiselle fut l'apprentissage des secrets de la séduction. Conseillée par ses sœurs, Dolcetta se choisit les toilettes les plus ravissantes et répéta quelques pas de danse. Sa mère lui enseigna l'art du maquillage. Ses femmes de chambre essayèrent sur sa longue chevelure des coiffes extravagantes, mais toujours très raffinées. Elles s'occupèrent aussi de son épilation et lui offrirent des massages à l'huile d'amandes pour adoucir sa peau. Enfin, un parfumeur byzantin vint à demeure lui proposer différentes senteurs, des plus fruitées aux plus orientales, tant et tant qu'elle en eut presque le vertige.

Le jour des fiançailles fut pour Pierre et Dolcetta un jour d'immense bonheur. Leurs familles respectives se réunirent autour d'un banquet animé par des musiciens.

Après que le fiancé eut remis à sa belle une couronne de fleurs, il l'invita à la danse. Au son des flûtes et des trompettes, ils improvisèrent une petite ballade, ne se quittant pas du regard. Puis tous les invités les rejoignirent dans la joie et l'allégresse.

Les semaines passèrent. La date du mariage approchait. Les préparatifs se faisaient plus pressants. Un jour d'étouffante chaleur, Dolcetta entreprit de se rendre sur une île voisine pour suivre l'avancement des ouvrages de verrerie qui avaient été commandés pour le mariage. L'air était lourd, presque irrespirable. Les nuages s'accumulèrent soudainement au-dessus de la barque qui la transportait.

Le tonnerre gronda et de grosses gouttes percèrent l'atmosphère. Un déluge s'abattit sur Dolcetta, son rameur et leur embarcation. Les vagues frappèrent la coque avec une rare violence. D'un coup, le bateau se renversa. Les corps de l'adolescente et du rameur furent engloutis par les flots. Ni l'un ni l'autre n'avaient appris à nager.

L'affreuse nouvelle fit rapidement le tour de la cité. Spontanément, les Vénitiens revêtirent leurs habits de deuil. Aux fenêtres des maisons, ils accrochèrent un linge de crêpe noir en signe de compassion pour leur doge.

Le 25 avril, jour de Bocolo[1], les amoureux refusèrent même de suivre la tradition qui consiste à offrir un bouton de rose rouge à sa bien-aimée qui, à son tour, le porte sur le tombeau de saint Marc.

À l'annonce de l'accident, Pierre fut pris de nausées. Il dut garder le lit plusieurs jours, refusant de se lever, de se nourrir, de parler, ou encore de se laver.

1. Une légende raconte qu'un jeune Vénitien fut grièvement blessé lors d'une bataille contre les Turcs. En mourant, il s'effondra près d'un rosier dont il arracha une rose blanche à l'intention de sa bien-aimée, restée à Venise. Après sa mort, la fleur teinte du rouge de son sang parvint miraculeusement à la jeune fille. La tradition du bocolo, ou bouton de rose rouge, s'est perpétuée jusqu'à nos jours.

Ses proches, qui venaient à son chevet dans l'espoir de l'aider à retrouver les forces de la vie, se sentirent finalement impuissants. Rien ni aucune compagnie ne pouvaient l'extraire de sa torpeur.

Enfin, au bout de plusieurs semaines de prostration, Pierre fut assailli par une idée. Et seule cette idée l'engagea à quitter l'état morbide dans lequel il était plongé. L'anneau nuptial, qu'il avait amoureusement fait orfévrer, serait quand même offert à Dolcetta.

Lors d'une cérémonie grandiose, Pierre donnerait l'anneau nuptial à la mer qui avait englouti son amour. Et il se consolait à penser que sa belle avait été métamorphosée en quelque créature marine. Sirène immortelle égarée au royaume de Neptune. Princesse des fonds marins chevauchant des hippocampes improbables. Prisonnière du monde aquatique des étoiles de mer. Jouvencelle retenue au pays de l'Atlantide. Pierre s'autorisait le plaisir de ces images et, petit à petit, retrouvait goût à la vie.

Oui, c'est bien à la mer qu'il offrirait l'anneau nuptial.

Le jour de l'Ascension, ce même jour qui aurait dû voir l'union entre Dolcetta et Pierre, fut retenu pour célébrer ces épousailles exceptionnelles.

Le doge décida que rien ne serait trop beau et trop faste pour l'événement. Il ordonna la construction d'une embarcation toute tapissée d'or, et commanda aux meilleurs sculpteurs de Vénétie les ouvrages les plus sophistiqués.

À sa proue, un lion ailé faisait face à la mer. Suivait une farandole de sirènes et de bustes ailés. Une corolle d'algues et de flore marine ceinturait la galère. Cette embarcation somptueuse, qui pouvait contenir une soixantaine de rameurs, fut baptisée Bucintoro[1].

Enfin le grand jour arriva. Pierre prit soin d'enfiler l'anneau nuptial dans un collier de cuir qu'il noua autour de son cou. Enveloppé dans son manteau d'or et d'hermine, coiffé de son corno[2] d'apparat, il quitta ses appartements du palais pour se rendre à l'embarcadère en compagnie de hauts dignitaires.

1. Bucintoro vient de bucio in t'oro, c'est-à-dire embarcation en or.
2. Bonnet à la pointe arrondie et à large revers porté par le doge.

La foule, qui s'était massée pour soutenir Pierre dans son entreprise, l'acclamait en termes respectueux. Le doge et ses proches prirent place sur le Bucintoro. Lorsqu'il se mit à glisser sur l'eau, les Vénitiens, restés à terre, adressèrent à Pierre une chaleureuse ovation. Ému, il déclara :

– Peuple de Venise, cet anneau est aussi le vôtre, ce don est aussi le vôtre et c'est ensemble que nous allons l'offrir à la mer !

Et il embrassa d'un large geste du bras l'étendue des eaux de la lagune.

Le Bucintoro se dirigea vers l'île du Lido, la contourna pour arriver au niveau de la petite église de San Nicolò qui fait face à l'immensité de la mer. À la porte de l'église, plusieurs femmes séchaient leurs pleurs ; des veuves, femmes de marins que la mer avait emportés, s'étaient réunies là pour communier, de plus près encore, avec le doge. Là, le Bucintoro ralentit sa course jusqu'à s'immobiliser.

Quelques larmes coulèrent sur les joues de Pierre, finissant leur chute dans sa barbe. Les passagers retenaient leur souffle. La mer était calme, voluptueuse, éblouissante. Le soleil dardait ses rayons étincelants. Pierre dénoua son collier et en ôta la bague.

– *Desponsamus te, mare nostrum, in signum veri perpetuique dominii*[1], prononça-t-il solennellement en tendant l'anneau nuptial vers le ciel.

Et, d'un geste ferme, il le jeta dans la mer.

Depuis ce jour de l'an mil, chaque année, lorsque vient l'Ascension, les Vénitiens perpétuent ce geste. Lors d'une cérémonie appelée fête de la Sensa, ou Épousailles avec la mer, une barque d'apparat est mise à l'eau, avec à son bord le maire de Venise et ses invités. Un cortège de desdotona, caorlina, gondolin, mascareta[2], suit la barque municipale jusqu'au Lido. Et l'on continue de jeter dans l'eau un anneau nuptial renouvelant ainsi, symboliquement, le pacte entre Venise et la mer.

1. Du latin, qui signifie : « Nous t'épousons, ô mer, en signe de véritable et perpétuelle domination. »
2. Quatre barques typiquement vénitiennes.

LE MAÎTRE DE MAISON

Le 14 juillet 1902, comme chaque matin place Saint-Marc, la Marangona sonne le début du travail. Des touristes flânent devant le palais ducal. Perché à 96 mètres, l'ange doré qui surmonte le campanile brille sous le soleil.

A 9 h 52, brusquement, le campanile se fissure, vacille puis s'effondre dans un immense vacarme. Un photographe est là, qui a le réflexe d'immortaliser la scène. Par miracle, il n'y a aucune victime, mais les Vénitiens sont en émoi.

Édifié au IXe siècle, reconstruit et modifié au cours des siècles suivants, le campanile était une tour de garde et servait de repère aux marins de la lagune. Ses cloches rythmaient la vie quotidienne de la cité. La Marangona sonnait le début et la fin du travail, la Maleficio annonçait les peines capitales, la Nona indiquait midi, la Pregadi et la Trottiera convoquaient les sénateurs et les magistrats au palais ducal.

Le « maître de maison », comme le surnomment les Vénitiens, fut reconstruit « où il était comme il était ». Et, le 25 avril 1912, le nouveau campanile fut inauguré.

Aujourd'hui, vous n'aurez pas à gravir ses marches pour contempler le panorama sur Venise et la lagune. Le campanile, lors de sa reconstruction, s'est doté d'un ascenseur.

AUX CŒURS
DU GHETTO
1540

Ce matin de 1540, Lorenzo franchit en sifflotant le pont du Ghetto Nuovo, le quartier juif de Venise. Le maître de la boutique d'orfèvrerie, où il travaillait comme apprenti, l'avait chargé d'une mission auprès d'une banque de prêt sur gages. Il devait y laisser en dépôt un beau collier d'argent serti de lapis-lazulis et d'aigues-marines en échange de monnaie sonnante et trébuchante. Lorsque les affaires du maître orfèvre auraient refleuri, Lorenzo viendrait récupérer le bijou contre le remboursement – avec intérêt – de l'argent avancé.

À Venise, où il n'existait pas de mont-de-piété, seuls les établissements juifs étaient autorisés au prêt sur gages. Dans le Ghetto, il s'en trouvait trois. Lorenzo avait pour mission de négocier le dépôt du collier auprès de l'un d'eux.

Il sauta la dernière marche du pont et déboucha sur la vaste place du Ghetto Nuovo. Elle possédait une atmosphère mélancolique, cette place, malgré le soleil de mai qui la réchauffait. Quelques arbres y poussaient, chétifs. Des maisons, plus hautes que dans le reste de la ville, y projetaient leurs ombres. Un puits y dressait sa margelle. Et, à ce puits, une femme tirait de l'eau.

Lorenzo ne la voyait que de dos, mais il devina qu'elle était jeune et imagina qu'elle était belle. Sa robe de toile brune drapait sa silhouette de modestie et de grâce mêlées. Ses manches retroussées laissaient apparaître ses bras aux courbes douces et à la peau satinée. Sa chevelure était coiffée en deux lourdes nattes qui tombaient jusqu'à la taille en ondoyant. Leurs reflets auburn l'auréolaient d'une lumière pleine de chaleur.

Lorenzo sourit à cette vision charmante. Puis il poussa la porte de la banque.

Il mena bon train la négociation auprès du prêteur et ressortit bientôt avec, à la ceinture, une bourse gonflée de pièces. Ses yeux se portèrent vers le puits. La jeune fille avait disparu. Lorenzo sentit son cœur tressauter de dépit. Il ralentit le pas, cherchant une excuse pour s'attarder dans le Ghetto.

« J'ai grand-faim », finit-il par décider. N'était-ce pas l'agréable fumet en provenance de la boulangerie, sur sa droite, qui avait réveillé son appétit ?

Il s'approcha de la boutique où une commerçante à l'accent espagnol l'apostropha :

– Goûte mes beignets à la viande ! Ils sont préparés en respectant les prescriptions de notre religion. Tout ce qu'il y a de plus casher.

Lorenzo voulut expliquer que peu lui importait la casherout car il était chrétien, mais il renonça et tendit à la vendeuse les quelques bagattini que coûtait le beignet. Pour le déguster tranquillement, il s'installa dans la lumière, sur la margelle du puits.

Il mastiquait avec gourmandise son beignet en regardant la terre du campo[1] à ses pieds lorsqu'une ombre s'interposa entre le soleil et lui. Il leva les yeux, prêt à protester. Alors, il l'aperçut et les mots s'évanouirent au bord de ses lèvres.

Lorenzo avait eu tort d'imaginer qu'elle était belle, car elle était plus que cela. Un visage au tendre ovale, des joues de pêche, des lèvres ourlées et purpurines, des yeux en amande qui scintillaient de douceur. Le jeune Vénitien demeura bouche bée, une miette de son en-cas sur la joue.

Ce fut la demoiselle qui prit la parole.

1. À Venise, nombreuses sont les places. Une seule est appelée piazza, il s'agit de la Piazza San Marco (la place Saint-Marc). Les autres sont désignées par les termes de campo ou campiello.

– Vous m'avez devancée, dit-elle en désignant la margelle d'un mouvement du menton. C'est la meilleure place du campo. Le soleil tourne, mais elle n'est jamais plongée dans l'ombre. C'est là que je m'installe d'ordinaire afin de travailler lorsque le temps le permet.

Comme pour se justifier, elle tendit la corbeille qu'elle portait, remplie d'un vêtement et de matériel de couture. Lorenzo s'empressa d'avaler sa bouchée de beignet, épousseta ses chausses et se releva d'un bond.

– Je m'en voudrais de vous priver de votre place, s'excusa-t-il, confus.

– Et je ne voudrais pas interrompre votre repas, répondit-elle aimablement. Je crois que nous pouvons nous asseoir là tous les deux.

Cette proposition incongrue déconcerta le jeune homme. Il dévisagea son interlocutrice et constata à son air serein qu'elle avait parlé sans provocation ni coquetterie. Joignant le geste à la parole, déjà elle ramenait ses jupes par-devant ses jambes et se hissait sur la margelle.

Lorenzo hésita un instant, mais le sourire qu'elle lui adressa fit fondre sa réserve. Embarrassé et ému à la fois, il se rassit. Pour se donner contenance, il mordit dans son beignet. Puis il se rendit compte qu'il négligeait les rudiments de la politesse.

Avec maladresse, il s'essuya la bouche et se présenta en bafouillant :

– Je... je me nomme Lorenzo.

– Moi, je suis Léah.

C'est ainsi que Lorenzo, apprenti chez un orfèvre du Rialto, rencontra Léah, fille d'un fripier du Ghetto Nuovo, bavarda avec elle à en oublier les heures et en tomba éperdument amoureux.

Le lendemain, Lorenzo était de retour. La nuit durant, il avait cherché un prétexte pour revenir au Ghetto. Il s'était rappelé les boutiques d'habits et avait décidé d'acquérir un pourpoint pour la belle saison. Trop pauvre pour s'offrir de la soyeuse étoffe aux Draperies et le travail sur mesure d'un couturier, il avait songé dégoter son bonheur parmi les vêtements de seconde main vendus dans les boutiques juives.

– De nombreux métiers sont interdits par les lois de la République à ceux de notre peuple, lui avait expliqué Léah la veille. Impossible pour nous de devenir imprimeurs, avocats, artisans... Le choix est réduit qui s'offre à nos pères et à nos frères lorsqu'ils doivent embrasser une profession.

Certains devenaient bouchers, mais ne pouvaient ouvrir commerce que dans le Ghetto. D'autres étudiaient la médecine, mais n'avaient le droit de la pratiquer qu'auprès des juifs. Pour celui qui voulait travailler avec tous – y compris avec les gentils[1] –, ne restaient que le prêt sur gages et la vente de fripes.

– C'est pourquoi tu vois tant de négoces de vieux vêtements autour de notre campo, avait-elle conclu.

Lorenzo dirigea sans hésiter ses pas vers l'atelier que tenait le père de Léah, Asher Lieberman. Il y trouva ce qu'il était venu chercher : non pas tant un pourpoint que l'aimable demoiselle, qui travaillait près de la fenêtre à repriser une chemise au col en dentelle.

Prenant son courage à deux mains, il lui proposa une promenade le long de la fondamenta della Misericordia, un endroit tranquille, loin de l'agitation du Rialto, étranger aux solennités de Saint-Marc.

1. Les non-juifs.

Les arbres des jardins se reflétaient dans l'eau calme du canal. Les amoureux se tenaient compagnie à l'ombre du clocher de la Madonna dell'Orto.

La jeune fille accepta sans faire de manières. S'ils l'avaient osé, c'est main dans la main qu'ils auraient traversé le pont en direction du quai. En le franchissant, la demoiselle désigna de la main les portes du Ghetto et rappela à Lorenzo une obligation que, pour sa part, il aurait volontiers oubliée :

– Je dois absolument être de retour avant le couvre-feu.

– Le couvre-feu ?

– Ignores-tu l'édit de 1516 qui présida à la naissance de notre quartier ?

Et Leah récita d'un trait :

– « Les juifs habiteront tous regroupés dans l'ensemble de la maison sis en Ghetto, près de San Girolamo et, afin qu'ils ne circulent pas toute la nuit, nous décrétons que, du côté du Vieux Ghetto où se trouve un petit pont, et pareillement de l'autre côté du pont seront mises en place deux portes, lesquelles seront ouvertes à l'aube et fermées à minuit. »

Elle reprit son souffle avant de poursuivre :

– Ainsi, il nous est interdit de quitter notre île la nuit. Des gardiens sillonnent en barque les canaux qui encerclent le quartier pour surveiller ses abords jusqu'au lever du soleil. Mais, à l'inverse, toi et les tiens êtes indésirables à l'intérieur du Ghetto pendant le même temps.

– Et qu'adviendrait-il à un juif surpris dans Venise avant l'aube ? s'enquit Lorenzo, intrigué par ces dispositions.

– Il écoperait d'une amende. En cas de récidive, ce serait la prison.

– Et pendant la journée ?

– Nous sommes autorisés à circuler en ville, à la condition de porter un bonnet jaune.

Lorenzo avait déjà croisé des hommes au bonnet jaune à Saint-Marc ou au Rialto, mais il ignorait la signification de cet attribut. Quand il l'apprit, il s'étonna :

– Pourquoi ? murmura-t-il.

Léah lui lança un regard douloureux.

– Pour mieux nous distinguer... pour mieux nous éviter... On nous reproche la mort de votre Messie, Jésus-Christ, et, depuis, on nous accuse de toutes sortes d'infamies : de provoquer les épidémies de peste en empoisonnant l'eau des puits, de sacrifier des bébés baptisés pour utiliser leur sang à Pessah, de...

Submergée par l'émotion, elle ne put continuer plus avant l'énumération des monstruosités attribuées à son peuple par les chrétiens.

La voyant ébranlée, Lorenzo passa son bras autour de ses épaules et la serra contre lui avec tendresse.

– Je ne crois rien de tel, souffla-t-il au creux de son oreille.

Elle le remercia d'un sourire triste.

– À Pâques, lorsque vous célébrez la mort et la résurrection de votre Seigneur, il arrive que des gentils fanatiques viennent nous lancer des pierres. Alors, on referme à la hâte les portes et notre Ghetto n'est plus une prison, il devient un refuge. Je ne sais… peut-être est-il préférable en effet que nous vivions entre nous…

Léah ne s'était pas détachée de l'étreinte du Vénitien dont la main caressait son épaule.

– … et qu'une juive ne puisse pas épouser un chrétien, ajouta-t-elle en se dégageant.

Le bras de Lorenzo retomba, inutile.

Bien que Leah lui eût rappelé la cruauté des lois de Venise, Lorenzo revint quotidiennement faire sa cour. Le père de la demoiselle ne voyait pas d'un œil favorable cette idylle, mais il n'osait rien interdire à sa fille, son bijou, sa fée, le seul être qu'il lui restait à chérir depuis la mort tragique de sa femme. Il espérait que l'ennui viendrait après l'engouement comme l'automne vient après l'été.

Surtout, il avait décidé comment mettre un terme à cette amourette si les deux tourtereaux ne se lassaient pas bientôt l'un de l'autre. Ce qu'ils ne semblaient pas disposés à faire. Bien au contraire, ils paraissaient chaque jour emplis d'un bonheur croissant de se retrouver pour une promenade et des bavardages, des mains effleurées et des baisers volés, pour partager secrets, joie et mélancolie.

Lorsque vint le jour anniversaire de la mort de sa mère, Léah associa tout naturellement son soupirant à sa tristesse. Il l'accompagna jusqu'à la porte de la synagogue où elle alla se recueillir.

Il y avait deux synagogues à cette époque dans le Ghetto, et c'est dans la plus ancienne, la Schola Grande Tedesca, que Léah se rendait pour prier.

Lorsqu'elle eut récité le kaddish, la prière des morts, elle rejoignit Lorenzo, le saisit par le bras et, avec une autorité qui ne lui était pas coutumière, elle lui demanda :

– Conduis-moi au beth chaïm, le cimetière hébraïque, au Lido, sur la tombe de ma mère. J'ai quelque chose d'important à te dire.

Sans poser la moindre question, l'apprenti orfèvre s'exécuta. Son cœur inquiet battait la chamade. Qu'avait-elle à lui annoncer ? Soudain, il se rendait compte que, depuis ce matin de printemps où il avait rencontré Léah, il vivait sa passion au jour le jour, refusant de regarder l'avenir en face. Quel avenir pouvait, en effet, avoir un amour comme le leur, un amour impossible ?

Lorenzo arrima sa barque et tendit la main pour aider sa belle à sauter sur la rive. Elle le guida jusqu'au cimetière qui s'étendait parmi les arbres et les herbes, à proximité de la berge.

Les pierres tombales s'y dressaient dans un charmant désordre ; certaines monumentales, d'autres très modestes ; certaines sculptées sur le modèle d'un temple grec avec colonnes, chapiteaux et fronton, d'autres ornées de bas-reliefs sur lesquels étaient gravées des guirlandes de feuilles ; toutes portaient des inscriptions en hébreu que Lorenzo ne pouvait décrypter.

Zigzaguant entre les tombes, Léah le conduisit vers la partie réservée aux Ashkénazes. Elle tomba à genoux devant la sépulture de Deborah Lieberman et demeura prostrée un long moment. Son ami respecta son recueillement.

Lorsqu'elle se releva, il essuya sur sa joue une larme qui avait coulé. Il voulut lui adresser une parole de réconfort. Elle l'en empêcha, d'un doigt sur ses lèvres. Sans un mot, elle l'attira dans un coin écarté du cimetière. Elle s'installa sur une pierre après avoir regroupé ses jupes sous elle et, du regard, invita le jeune homme à prendre place à son côté.

Être assis si près l'un de l'autre leur rappela le jour où ils s'étaient vus pour la première fois et où ils avaient partagé la margelle du puits sur le campo du Ghetto Nuovo. À ce souvenir, la jeune fille esquissa un sourire.

– Décidément, nous devons chaque fois nous serrer, comme les défunts dans ce petit cimetière, et comme les vivants dans le Ghetto. Il devient trop réduit lui aussi pour abriter les nouveaux arrivants. Alors nos maisons poussent vers le haut – quatre, cinq, six étages – plus que n'importe où ailleurs dans Venise, comme des tours de Babel...

Sa voix se brisa soudain. Lorenzo prit sa jolie figure entre ses mains et il fixa la jeune fille au fond des yeux.

– Mon aimée, je t'en prie, dis-moi pourquoi tu m'as entraîné jusqu'ici. Je suis prêt à l'entendre.

Léah ne dégagea pas son visage ni ne détourna le regard. D'une voix atone, elle annonça :

– Mon père a décidé de me marier. Mon fiancé arrive de Padoue demain.

Elle ajouta :

– Lorenzo, il faut nous enfuir ou mourir.

Le lendemain, au large du Lido, on retrouva une barque sans personne à son bord. Au creux de la coque : l'écharpe en soie de Léah et le couvre-chef de Lorenzo.

D'aucuns en déduisirent qu'ils avaient chaviré, qu'ils s'étaient noyés et que leurs deux corps emmêlés reposaient au fond de la lagune sur un lit de sable et d'algues.

Certains prétendirent les avoir vus, de nuit, serrés côte à côte sur la margelle du puits au cœur du Ghetto.

D'autres enfin racontèrent que des voyageurs avaient croisé un couple enlacé leur ressemblant trait pour trait, de l'autre côté de la Méditerranée, au pays de Jérusalem, sur la terre d'Abraham et de Jésus.

Croyez qui vous voudrez.

LE GHETTO

C'est au XVIe siècle, à Venise, qu'est apparu le mot « ghetto ».

En 1516, le Sénat de Venise décide que les juifs devront s'installer dans la petite île dite du Ghetto Nuovo. Cet îlot, qui a abrité une fonderie de canons au siècle précédent, a conservé l'appellation de « ghetto », qui signifie fonderie en dialecte vénitien.

Le Ghetto Nuovo est rapidement surpeuplé par l'arrivée de juifs fuyant l'Espagne de l'Inquisition et les chefs de la communauté juive obtiennent du Sénat que le quartier soit agrandi. En 1541, la zone la plus ancienne des fonderies, appelée le Ghetto Vecchio, s'ajoute au Ghetto Nuovo. En 1633, le Ghetto s'agrandit de nouveau avec le Ghetto Nuovissimo.

En 1797, à l'arrivée de Bonaparte, les grilles qui ferment le Ghetto sont supprimées. Mais il faut attendre l'entrée de Venise dans le nouveau royaume d'Italie en 1866 pour que le roi Victor-Emmanuel II accorde aux juifs les mêmes droits qu'aux Italiens.

De nom propre, Ghetto allait devenir un nom commun employé en Italie puis en Europe pour désigner les quartiers assignés à la communauté juive. Aujourd'hui, dans un sens plus large, le mot ghetto désigne un lieu où une minorité vit séparée du reste de la population.

1576

UN MAL QUI RÉPAND LA TERREUR

CET ÉTÉ, pour la première fois, je passe le mois de juillet à Venise chez mon cousin Sebastiano. Cela a été pour moi l'occasion d'assister au Redentore[1]*, une des plus grandes fêtes d'Italie.*

*Le troisième dimanche de juillet, les Vénitiens célèbrent la fin de la peste, une peste qui eut lieu il y a très longtemps, au XVI*e *siècle. Pour remercier Dieu de les avoir débarrassés de l'épidémie (au bout de deux ans et après des dizaines de milliers de morts), ils ont édifié, sur l'île de la Giudecca, une magnifique église.*

Et chaque été, la municipalité construit une passerelle en bois qui, un jour durant, permet de traverser à pied le canal et de rejoindre cette église.

Impossible d'échapper au pèlerinage ! Sebastiano a tenu à ce que je l'accompagne. Nous avons longé le quai des Zattere sous un soleil de plomb (mais une glace stracciatella à la main). Tandis que nous approchions du pont, Sebastiano m'a expliqué qu'à l'origine la passerelle se composait de barques attachées les unes aux autres.

1. Le Rédempteur.

De nos jours, c'est une construction soutenue par des barges. Là, ils l'avaient même recouverte d'un tapis rouge vif et ornée de plantes en pots! Pas terrible la déco...

Plus réussie, l'église du Redentore. Et pour cause : elle a été construite par le plus célèbre des architectes vénitiens, paraît-il, Andrea Palladio.

Majestueuse, avec sa volée de marches, son fronton triangulaire, ses quatre colonnes de type grec, sa coupole à clocheton, ses murs ocre-rouge et son revêtement de marbre blanc (bon j'avoue, j'ai appris le guide par cœur, mais c'est pour mieux rendre compte du décor!).

Le moment le plus chouette de la fête, ce n'est ni la traversée du pont votif ni la visite de l'église, non, c'est le grand feu d'artifice du samedi soir. Un copain avait invité Sebastiano à y assister sur le bateau de ses parents et bien sûr je les ai accompagnés.

Nous étions au milieu du bassin de Saint-Marc où voguaient des dizaines d'autres embarcations. Nous avons dîné sur l'eau : spaghetti aux anchois et aux oignons (le plat traditionnel) avec vin blanc à volonté (pour les adultes seulement). Puis comme on attendait le feu d'artifice – il a commencé un peu avant minuit –, mon cousin m'a raconté une histoire de la peste (puisque c'était d'actualité, si on peut dire) qui est en même temps une histoire de famille, celle de Lucia, une de nos ancêtres, à Sebastiano et à moi.

– Lucia, dis-tu ?

– Lucia, oui, et son père, Damiano. Tout a débuté à l'été 1575. Le docteur Damiano, qui avait effectué ses études à l'université de Padoue – une des facultés de médecine les plus réputées dans l'Europe d'alors –, s'était établi dans le sestiere[1] de Castello. Il avait épousé une demoiselle du campo Santa Maria Formosa qui était morte en mettant au monde leur fille.

Cette enfant – Lucia – était ce que Damiano avait de plus précieux au monde. C'était une fillette délicieuse aux yeux clairs et à la peau diaphane. Elle venait de fêter ses quatre ans. Elle avait hérité de sa mère une chevelure de boucles blond vénitien. Les mèches dorées entouraient son joli visage à la manière d'une auréole.

D'ailleurs, Lucia servait parfois de modèle aux peintres de la ville lorsqu'ils souhaitaient représenter un angelot. C'est pourquoi elle gardait ses cheveux courts ; ses boucles frisaient sur son front comme les petits rayons d'un soleil ivre.

1. Venise est divisée en six quartiers appelés sestieri.

Au cours de l'été 1575 donc, Damiano reçut la visite d'un patient qui présentait de singuliers symptômes. Le malade se plaignait de fièvres, de vomissements, de douleurs à l'aine et aux aisselles.

Lorsque Damiano inspecta l'intérieur des cuisses et des bras, il remarqua la présence de taches sombres. En palpant, il détecta des boules de la taille d'une noisette. Jusqu'alors il n'avait jamais vu semblables boursouflures. Il conseilla à son client des tisanes contre la fièvre et des compresses contre les boutons. Et il lui promit une visite à domicile avant la fin de la semaine.

Quand Damiano pénétra chez son malade quelques jours plus tard, il le trouva étendu sur sa couche, terriblement amaigri, dévoré par la fièvre, habité par la nausée, vidé de ses forces. Ses grosseurs à l'aine et aux aisselles avaient décuplé de volume : elles avaient à présent la taille d'une pomme de reinette.

Le docteur, qui en avait lu la description dans des traités savants, les reconnut enfin pour ce qu'elles étaient : les bubons de la peste.

– *La peste ? ai-je répété, horrifiée. Et comment l'attrapait-on ?*

– À cette époque, la médecine était balbutiante et les hommes très ignorants. Ils ne se doutaient pas que la peste, ce « *mal qui répand la terreur, Mal que le ciel en sa fureur Inventa pour punir les crimes de la terre*[1] », se contractait par la piqûre des puces du rat noir.

Pourtant, au Moyen Âge, plusieurs épidémies avaient déferlé sur l'Europe, tuant les gens par milliers. La première, celle de 1348, avait été suivie, à Venise, par de nombreuses autres[2].

Les professeurs de l'université de Padoue avaient décrit à Damiano les effroyables conséquences de ce fléau mais, lorsqu'il diagnostiqua l'un des premiers cas de l'épidémie de 1575, le docteur n'imaginait pas qu'elle durerait plus de deux ans et serait l'une des plus monstrueuses de l'histoire de Venise.

On ne sait pas très bien quelle était l'origine de l'épidémie. Certains disaient qu'elle était venue de la grande foire internationale de Trente. D'autres accusaient le trafic maritime et la Turquie où la peste avait sévi un an plus tôt.

1. *Les animaux malades de la peste*, fable de Jean de La Fontaine.
2. En 1361, 1381, 1397, 1447 et 1511.

Toujours est-il qu'à l'été 1576, un an après que Damiano eut diagnostiqué l'un des premiers cas à Venise, elle avait étendu le manteau noir de la mort sur la cité. Chaque jour, des dizaines de nouveaux cas se déclaraient et des dizaines d'agonisants passaient de vie à trépas dans d'atroces souffrances.

Damiano traversait cette épreuve comme un fantôme. Quotidiennement, il voyait les mêmes taches sombres sur le ventre des malades et perçait d'un coup de lancette les mêmes bubons. Son métier l'accaparait mais ne l'empêchait pas de rejoindre le soir sa fille et de retrouver auprès d'elle espoir dans l'avenir.

Ce jour-là, il vint la chercher à la sortie de l'atelier de peinture où elle avait posé en costume d'angelot, une amphore dans les bras et des ailes dans le dos. Les yeux de Lucia ne brillaient pas comme à l'accoutumée. Elle rapporta à son père une lugubre nouvelle :

– Le Titien a attrapé la peste.

Damiano sursauta. Le Titien malade ? Lui, le plus grand et le plus vieux peintre de Venise ? Celui qui avait exécuté les portraits des souverains de ce monde : l'empereur Charles Quint, son fils Philippe II, le roi de France François Ier et celui d'Angleterre Henry VIII ?

– Il ne se tient plus debout, ajouta la fillette avec tristesse.

L'émotion l'empêcha de poursuivre. Un hoquet, soudain, la secoua.

– Je vais vomir, balbutia-t-elle.

Damiano la soutint. Puis, pour la réconforter, il la prit dans ses bras.

– C'est l'angoisse sans doute de voir ce vieux Titien aux portes de la mort. Viens. Rentrons à la maison. Dans une heure tu iras mieux...

Une heure plus tard, Lucia était brûlante de fièvre. La nausée ne l'avait pas quittée et la tête lui tournait. Épouvantée par la violence de ses maux, elle se mit à pleurer.

– Que m'arrive-t-il, papa ? Que m'arrive-t-il ? balbutia-t-elle. Je me sens si mal.

Damiano, sans laisser paraître les craintes qui l'assaillaient, s'installa à son chevet, décidé à la veiller toute la nuit. L'enfant finit par sombrer dans un sommeil habité de cauchemars et de soubresauts.

Profitant de son inconscience, son père écarta le col de sa chemise et découvrit son épaule. À la fois caresse et auscultation, il glissa sa main à la naissance du bras. Là, il détecta ce qu'il redoutait plus que tout : un bubon de la grosseur d'un pois chiche.

Je ne pus m'empêcher de crier :

– Lucia était atteinte de la peste !

Mais Sebastiano poursuivit son récit sans tenir compte de mon intervention.

Avant que l'aube ne pointe et que Lucia ne se réveille, Damiano sortit. Il prit la direction des quais. En tant que médecin, il savait mieux que quiconque ce qu'il lui incombait de faire.

Les règles édictées depuis peu étaient strictes. Par crainte de contagion, tout cas devait être dénoncé aux autorités sanitaires et tout pestiféré conduit à l'un des lazarets. Il en existait deux, installés sur des îles de la lagune : le Lazaretto Nuovo qui accueillait en quarantaine les personnes soupçonnées d'être infectées et le Lazaretto Vecchio où l'on isolait ceux que la maladie avait déjà mordus.

C'est à ce Lazaretto Vecchio que Damiano devait conduire Lucia. On lui en avait fait des descriptions abominables. Avant de décider quoi que ce soit, il voulait constater de ses propres yeux ce qu'il en était de cette « île-hôpital ».

Aux lueurs de l'aurore, il sauta dans sa barque et s'empara des rames avec autant de détermination que de crainte. S'il avait su ce qui l'attendait, il aurait été empli non pas d'appréhension, mais d'horreur.

Comme il s'en aperçut bientôt, l'île n'était pas un hôpital. C'était un mouroir à ciel ouvert. Les cadavres formaient des monceaux que l'on recouvrait de chaux vive. Les malades s'entassaient à cinq ou six dans un même lit en attendant leur fin. De l'ensemble s'élevaient des gémissements d'agonie et une odeur très repoussante.

Les yeux écarquillés d'effroi, Damiano resta figé quelques instants devant cette vision d'enfer avant de donner un féroce coup de rame pour effectuer une marche arrière.

– Il est hors de question que je laisse emmener mon enfant chérie ici, se jura-t-il à voix haute.

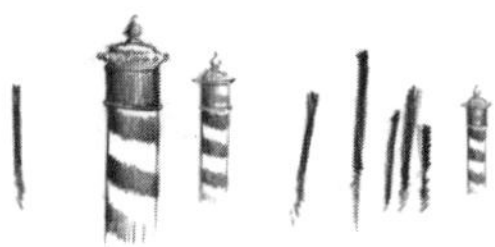

Fort de cette décision inébranlable, il s'empressa de retourner à Venise. Il voulait trouver sa fille à son réveil. Chemin faisant, il élabora un plan qui permettrait de lui épargner les monstruosités du lazaret.

« Je prétendrai que je l'ai conduite là-bas. Je préviendrai les autorités sanitaires. Je lui ferai quitter la maison comme il se doit au vu et au su de tout le voisinage. Je demanderai aux pisegamorti[1] de faire leur travail. Et on nous verra embarquer en direction du Lazaretto Vecchio… »

À cet instant, Sebastiano s'interrompit.

– *Et ensuite ? ai-je demandé avec impatience.*

– Ensuite Damiano mit son plan à exécution. Il embarqua avec sa fillette pour le lazaret, mais lorsque la rive fut proche il donna un vigoureux coup de rame et son embarcation vira de bord. Au creux de la coque, calée entre deux coussins et emmitouflée dans une couverture, Lucia étouffa un gémissement. Son père se pencha pour lui caresser le front. Malgré la chaleur d'août elle grelottait de fièvre. Damiano s'en voulut de l'avoir arrachée à son lit et de la ballotter ainsi au fond d'une barque. Mais il savait que c'était sa seule chance de la sauver. Il se remit à canoter avec énergie.

Bientôt il parvint aux abords d'un îlot sauvage. Ici, la lagune était peu profonde et les roseaux poussaient hauts et denses. Il se fraya un passage entre les tiges et les feuilles jusqu'à ce que la végétation enveloppât le bateau. Alors il lâcha les rames et poussa un soupir. Jusque-là, son plan s'était déroulé comme il l'avait espéré.

1. Les croque-morts de la peste.

Personne n'avait deviné son mensonge quand il avait annoncé emmener Lucia au Lazaretto et personne ne l'avait vu prendre le large de l'île-mouroir pour se dissimuler parmi les roseaux. Ne restait qu'à attendre la nuit.

Elle tomba lentement, la nuit étoilée d'août. Les lueurs roses du couchant embrasèrent les eaux de la lagune. Les oiseaux jacassant le jour dans les marécages se turent, les uns après les autres, cédant la place à leurs cousins nocturnes. Une tendre brise se leva qui berça doucement l'embarcation et endormit Lucia.

Les heures passèrent qui mènent à minuit. La lune était au zénith lorsque Damiano se décida à repartir. Autant il avait pagayé avec énergie à l'aller, autant il manœuvra avec prudence au retour, plongeant ses rames dans l'eau le plus silencieusement possible. Il savait que de sa discrétion dépendait le sort de sa fille.

Le hasard lui fut favorable : le quai auquel il accosta était désert. Malgré l'obscurité, il n'était pas question d'allumer quelque lanterne que ce soit.

Avec mille précautions, il se pencha pour soulever Lucia dans son cocon de laine. Qu'elle dormît secondait ses plans. Éveillée, elle aurait risqué, par une parole ou une plainte, de déranger le silence et de signaler leur présence.

Jamais le chemin du quai jusqu'à la maison ne parut aussi long à Damiano que cette nuit-là. Alors qu'il contournait l'église Santa Maria Formosa, un grognement d'homme retentit dans son dos et le glaça d'effroi. Il eut toutefois le réflexe de se jeter sous le porche de l'église et de plaquer son dos contre le portail.

Dans ses bras, Lucia s'agita.

Le médecin retint son souffle. S'était-elle réveillée ?

Une seconde passa. Une autre. Les paupières de sa fille demeurèrent lourdes et immobiles. Damiano soupira de soulagement. Le petit corps de Lucia bruissait : respiration rapide et malaisée, battements saccadés du cœur, mais lui seul pouvait les entendre.

Quant au grogneur qui l'avait effrayé, il s'agissait selon toute apparence d'un ivrogne. Déjà il avait dépassé l'église, traversé la place et disparu dans les ténèbres. Le médecin se détacha du recoin qui l'avait abrité et se précipita vers sa demeure, de l'autre côté du pont.

Une demi-heure plus tard, Lucia dormait couchée dans une chambrette sans fenêtres, au dernier étage de la maison, à l'abri des regards indiscrets. Le chat de la maison la veillait d'un œil rond et compatissant.

Au matin, son père, mimant le désespoir, partit quérir les pisegamorti dont la tâche était de faire un ménage radical dans les maisons des pestiférés. La chambre de Lucia fut ainsi débarrassée de ce qui pouvait être contaminé : son petit lit, ses chemises et ses jupons, le fauteuil en osier et jusqu'à sa poupée de chiffon.

Ils empilèrent le tout au centre du campo Santa Maria Formosa, allumèrent un brasier puis s'en allèrent poursuivre ailleurs leur tâche macabre.

Damiano resta un moment sur place pour regarder se consumer les maigres biens de son enfant avant de s'éloigner à son tour.

Au fond de son cœur, il avait la certitude que Lucia guérirait. Mais il hésitait sur les soins à lui prodiguer. Il avait entendu tant de choses contradictoires !

Pour sa part, il attendait que les bubons mûrissent et, s'ils n'éclataient pas d'eux-mêmes, il les incisait d'un coup de scalpel. Cette intervention avait, à plusieurs reprises, permis le miracle d'un rétablissement.

La méthode réussirait-elle sur Lucia ? N'était-elle pas trop jeune pour semblable opération ? Y avait-il d'autres solutions ? Il décida d'aller demander conseil à un vénérable médecin de sa connaissance, le sieur Cesare Peso-Manuce.

– Cher Damiano, s'il existait un remède efficace contre cette satanée épidémie, je n'aurais pas attendu que des milliers de concitoyens meurent pour la divulguer ! Hélas, moins d'un malade sur dix survit... Vous avez dû entendre comme moi évoquer toutes sortes d'antidotes[1], et des plus curieux : le patient doit transpirer d'abondance, manger de l'oignon, porter une amulette au cou, avoir une brique chaude sur la poitrine, être aspergé d'eau de rose ou encore boire beaucoup d'alcool... On doit frotter ses plaies avec du beurre frais, des pièces de monnaie, des crapauds séchés, de la pâte d'arsenic, du bouillon de chapon, des grains de sel, du venin de serpent et même de l'urine humaine ! Certains de nos confrères ne croient plus qu'en l'intervention divine : ils prient à longueur de journée saint Roch et saint Sébastien, les patrons de la peste.

1. Plus tard, au début du XVIIe siècle, des masques de protection furent portés afin d'éviter la contagion de la peste.

Peut-être faut-il en effet s'en remettre à eux pour qu'ils aident les bubons à percer car, dans ces cas-là – et c'est la seule chose que je puisse affirmer –, la guérison est en bonne voie.

La leçon de médecine qu'il venait de prendre n'avait pas rassuré Damiano. Et l'état dans lequel il trouva sa fille à son retour acheva de l'alarmer.

Elle gisait, épuisée, sur son lit de fortune et la souffrance lui arrachait des gémissements. Elle ouvrait de grands yeux au regard voilé et semblait ne rien voir autour d'elle : ni la mouche qui voletait, ni le chat qui la surveillait, ni même son père qui se penchait à son chevet. À son aisselle, un bubon, gros comme un œuf, tendait la peau et l'auréolait de noir.

Avec délicatesse, le médecin y appliqua une lotion à la menthe et au thym. L'odeur végétale du médicament attira-t-elle la mouche ? Elle vint se poser sur l'oreille de Lucia. Sa vue électrisa le chat. Ses moustaches frémirent. Il aplatit ses oreilles, retroussa ses babines. D'un bond il sauta sur l'insecte. Sans doute sa patte arrière égratigna-t-elle la patiente car, dans un hurlement de douleur, elle se redressa. Son bubon venait d'éclater.

À cet instant, je n'ai pas pu retenir une exclamation de soulagement :

– *Sauvée, alors ?*

– Lucia était sauvée mais elle mit du temps à se rétablir. Ce que la peste en quelques jours avait défait, il fallut plusieurs mois pour le reconstituer.

À la fin du printemps 1577, ses joues avaient retrouvé leur rose tendre, et ses cheveux leur blond flamboiement. Elle terminait sa convalescence en effectuant de longues marches sans lâcher la main de son père.

Comme Venise avait changé ! Comme elle semblait silencieuse et déserte ! C'est que l'épidémie avait opéré un terrible carnage. Des cent quatre-vingt mille habitants de la Sérénissime, soixante mille avaient péri. Devant cette hécatombe, le Sénat s'était engagé à ériger une église consacrée « *au Rédempteur, notre Seigneur, et chaque année [...] le doge et ses successeurs iront solennellement faire une visite à ladite église en perpétuel souvenir du bienfait reçu* ». La première pierre fut posée le 3 mai 1577 et...

Sebastiano n'a pas eu le temps d'achever son histoire : la première fusée du feu d'artifice lui a coupé la parole ! Mais peu importait : Lucia avait survécu à la peste, était devenue une belle jeune fille, avait épousé un séduisant Vénitien. Et je suis leur belle et séduisante descendante !

Le feu d'artifice a été magnifique. Pendant presque une heure, jusqu'au bouquet final, des arabesques bleues, rouges, jaunes, vertes ont éclairé le ciel et se sont reflétées dans l'eau : féerique ! J'ai pris des photos mais je ne sais pas encore si elles sont correctes ou complètement ratées.

Je me suis couchée tard ce soir-là, mais plus tôt que certains qui, comme le veut la tradition, ont poursuivi la fête jusqu'à l'aube, sur la plage du Lido, où des concerts avaient lieu. L'histoire de mon aïeule a dû hanter mes rêves, car je me suis réveillée d'humeur bizarre. Alors Sebastiano m'a prise par la main avec un clin d'œil.

– Suis-moi ! m'a-t-il enjoint.

Il m'a conduite au musée de l'Accademia. J'ai failli protester mais le regard qu'il m'a lancé m'a fait me taire avant d'avoir rien dit. Il a traversé les premières salles du musée sans s'arrêter et a marché tout droit vers un immense tableau aux couleurs sombres. La Pietà *que Le Titien peignait au moment de sa mort. Elle représente le Christ sans vie dans les bras de sa mère.*

– Là, c'est Lucia, a dit mon cousin en désignant l'angle en bas à gauche.

« Là », un petit ange portant des ailes se tient penché sur une amphore. Son visage est dans l'ombre, mais on peut admirer les boucles blondes de ses cheveux. Vous voulez tout savoir ? On dirait vraiment les miennes !

L'INSPIRATION D'UN PEINTRE

C'est au musée de l'Accademia que Lucia découvre *La Pietà* du Titien. Peut-être y a-t-elle aussi admiré un célèbre tableau de Véronèse, *Le repas chez Lévi*.

Le 20 avril 1573, quand Véronèse livre son tableau à la basilique San Giovanni, il s'intitule *La Cène*.

Mais peu après, le tribunal de l'Inquisition convoque Véronèse et l'interroge à propos des personnages qu'il a représentés. Leur attitude pendant le dernier repas de Jésus avec les apôtres est jugée inconvenante.

- Que signifie ce personnage qui saigne du nez ? Et ces soldats avec un costume allemand, qui tiennent une hallebarde ?

- Nous les peintres, répond Véronèse, comme les poètes et les fous, nous prenons quelques libertés...

- Et pourquoi avez-vous peint ce bouffon tenant un perroquet ?

- Pour rendre la scène plus vivante.

- Et que fait ce personnage ?

- Il se cure les dents avec une fourchette.

L'inquisiteur insiste :

- Qui, à votre avis, se trouvait présent lors de la Cène ?

- Le Christ et les apôtres. Mais il restait de l'espace sur la toile, alors j'ai ajouté des personnages, au gré de mon inspiration.

L'Inquisition condamne Véronèse à corriger son œuvre. Le peintre apporte des retouches et change le titre. *La Cène* devient *Le repas chez Lévi*.

LE MYSTÈRE DES PLANS DU RIALTO

1588

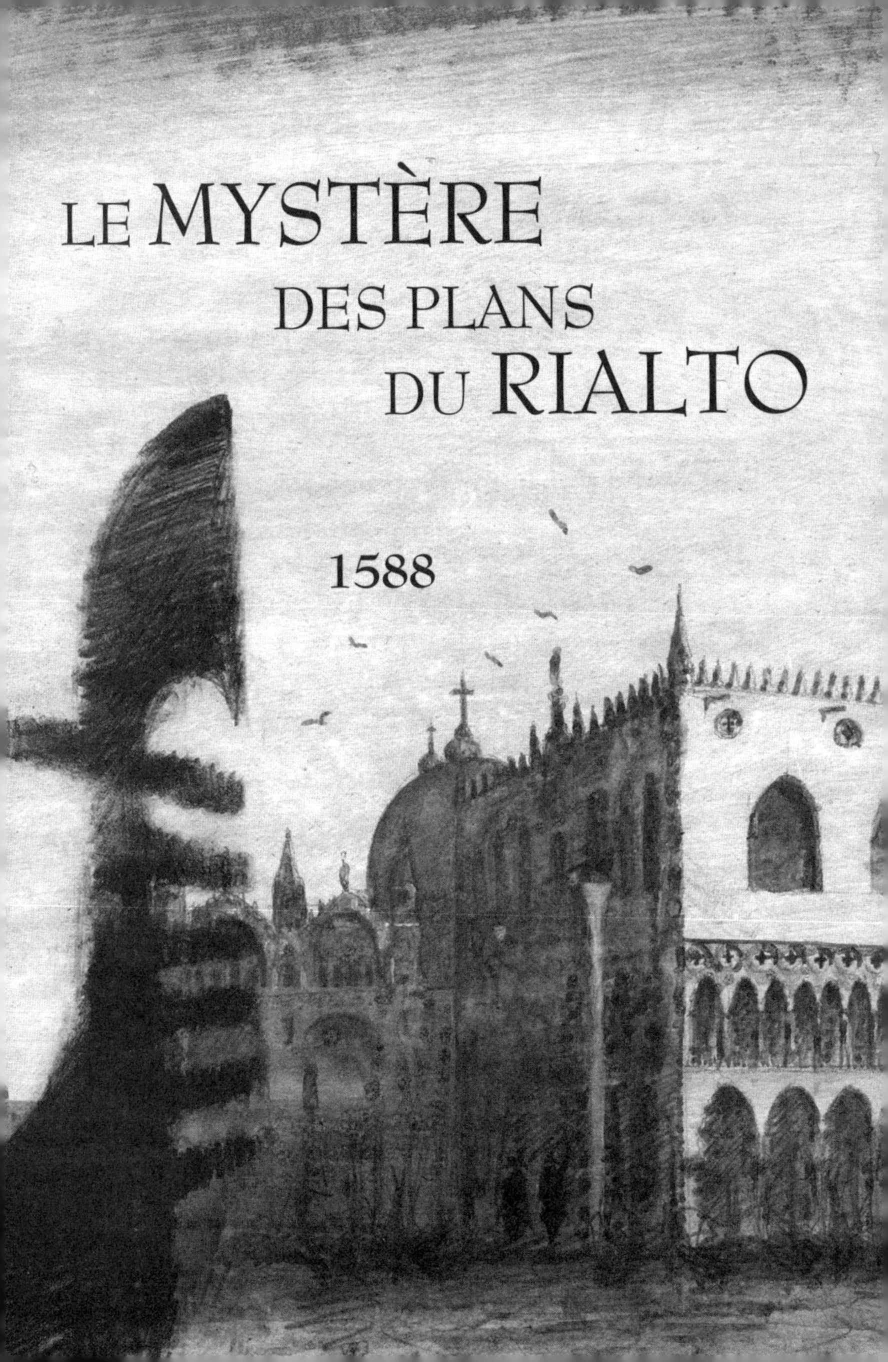

1. EXTÉRIEUR JOUR, SUR UNE RIVE DU GRAND CANAL.

Plan fixe, en plongée, sur la reproduction photographique du pont en bois du Rialto peint par Carpaccio[1]*. Soudain, la photo brunit de part et d'autre. Un filet de fumée se forme. D'un coup, elle est en flammes. Très vite, il ne reste plus qu'un amas de cendres. La caméra qui filmait en plongée se redresse à la verticale, puis passe à l'horizontale : nous découvrons l'autre rive du Grand Canal tandis que les cendres s'envolent au-dessus de l'eau.*

Sur ces dernières images, une VOIX OFF. – Suite à l'incendie du pont de la rive haute[2], le doge a décrété que la construction d'un pont en pierre sera entreprise. Un concours est lancé auprès de tous les architectes du pays. Les propositions doivent être déposées au cabinet des Grands Livres avant le nouvel

1. *La Guérison du possédé*, Vittore Carpaccio, 1494. Musée de l'Accademia.
2. L'origine du nom Rialto vient de cet intitulé topographique. Rive haute, en italien, se dit rivo alto.

an de 1558. Elles seront étudiées par une commission, puis présentées aux membres du Conseil. Ces derniers seront chargés de choisir le meilleur projet.

Octobre 1557.

2. EXTÉRIEUR JOUR AU PETIT MATIN, PLACE SAINT-MARC.

Une gondole se déplace dans la brume. On commence à distinguer deux silhouettes : celle du gondolier qui se tient debout et rame à la poupe, et celle d'un autre homme, assis, le dos légèrement voûté. L'air est silencieux. Seul le clapotis des rames frappant l'eau est perceptible.

L'embarcation bute contre la pierre d'un quai. Le passager se lève. Sous sa cape brune, on devine un corps grand et robuste que l'âge a cependant fatigué. Ses cheveux, mi-longs, sont noués par un ruban. Debout sur la barque chancelante, il dépose une grande malle à quai. Enfin, il se hisse à terre. Deux hommes, Paolo et Tomaso, accourent vers lui.

PAOLO. – Vous arrivez comme prévu, mais qu'est-il arrivé à votre assistant ? Nous pensions accueillir deux personnes.

MICHELANGELO. – Une rage de dents l'a obligé à garder le lit à Trieste. Il nous rejoindra dès qu'il sera remis.

TOMASO. – Soyez le bienvenu, maître ; le Conseil nous a chargés de vous recevoir. Permettez que je me présente : Tomaso, pour vous servir.

PAOLO. – Et moi, je suis Paolo. Votre visite est un grand honneur. Nous nous efforcerons de la rendre aussi agréable que possible.

Paolo s'empare de la malle.

TOMASO. – Si vous voulez bien vous donner la peine de nous suivre, nous vous conduirons à votre appartement. La Commission a réservé une pension pour vous, non loin d'ici. Combien de temps aurons-nous le plaisir de recevoir l'illustre Michel-Ange ?

MICHELANGELO. – Le temps qu'il faudra pour convaincre les messieurs de la Commission d'adopter mes plans !

Les trois hommes se sourient.

MICHELANGELO. – Trêve de plaisanterie, je resterai cinq jours tout au plus. Et j'espère que cela suffira. J'ai passé des nuits entières à faire des hypothèses, des calculs, des dessins, des nuits entières à imaginer ce pont.

Je le défendrai jusqu'au bout. Mais pour l'heure, allons-y, ce voyage m'a éreinté et j'ai grand besoin de repos.

Ils se mettent en marche, traversent la place Saint-Marc encore déserte et disparaissent en s'engageant sous la voûte de la tour de l'Horloge.
Des cloches marquent six coups.

Quatre mois plus tard.

3. INTÉRIEUR NUIT, UNE AUBERGE DE PÊCHEURS.

Dans une salle sombre au plafond bas, toutes les tables sont occupées. Ici les hommes boivent, se restaurent, se détendent. Le brûle-gueule à la bouche, ils éclatent de rire mais aussi de colère. Dans une cage accrochée au plafond, un perroquet répète inlassablement « Gare à toi, rutabaga, attention cornichon ». *On suit un enfant, les bras chargés, qui se fraie un chemin. Il pose une miche de pain et un plat de sardines en friture sur une table autour de laquelle sont réunis trois hommes.*
Visiblement, ce ne sont pas des pêcheurs ; leur coiffure les distingue et leurs larges manteaux semblent dissimuler leurs habits. Ils attendent le départ de l'enfant pour entamer leur discussion.

LE PREMIER, ANDREA, *parlant bas.* – Quelle folie de nous avoir convoqués dans ce lieu mal famé.

LE DEUXIÈME, MATTEO, *sur un ton rassurant.* – Il n'y a que des marins de passage dans cette taverne. Personne ne peut nous reconnaître ; c'est bien pour cette raison que je vous ai donné rendez-vous ici. J'ai besoin de vous parler. *Adoptant un ton neutre.* – Voilà, un vol s'est produit la nuit dernière au cabinet des Grands Livres. Et malheureusement, les plans de Michelangelo ont disparu.

ANDREA, *interloqué.* – Quoi, que dis-tu ?

LE TROISIÈME, UGO. – Et en quoi cela nous concerne-t-il ?

MATTEO, *parlant bas.* – Tu fais semblant de ne pas comprendre ; nous sommes les trois responsables de ce cabinet. Personne d'autre que nous n'a les clés. Moi, je suis sûr d'avoir quitté le cabinet après avoir fermé à double tour.

ANDREA. – Menteur. Avoue ce qui s'est passé.

UGO, *s'adressant au premier.* – Qu'est-il en train d'insinuer ?

MATTEO. – Je n'insinue rien et je ne mens pas ; je pourrais moi aussi vous accuser d'être des menteurs ou des voleurs. *Après un silence.*

– Mais j'ai réfléchi : cela ne servirait à rien. Reste que le Conseil des Dix va bientôt se réunir et demander nos expertises. Or si les membres du Conseil apprennent que le projet de Michelangelo a…

UGO, *l'interrompant.* – Malheur à nous ; je préfère ne pas savoir quelles punitions nous seraient infligées.

ANDREA, *conciliant.* – Tu as raison, il ne nous reste plus qu'à trouver une idée pour dissimuler la disparition de ces plans.

UGO. – Nous pourrions éliminer le projet de notre présélection ?

MATTEO. – N'y pensez pas, le projet de Michelangelo est parmi les plus attendus. J'ai une meilleure idée : présentons le projet de la façon la plus négative qui soit…

Les deux autres acquiescent d'un mouvement de la tête, la caméra s'éloigne, leur conversation se perd dans le brouhaha environnant. L'image finit par se brouiller dans une épaisse volute de fumée.

Deux semaines plus tard.

4. INTÉRIEUR JOUR, SALLE DU CONSEIL DES DIX, PALAIS DES DOGES.

Dans la noble salle des Dix aux couleurs éclatantes – le plafond a été repeint par Véronèse l'année précédente ! –, quinze personnes sont réunies. Les dix membres du Conseil, habillés de longs manteaux noirs bordés de fourrure blanche et coiffés de perruques blanches, siègent dans des fauteuils disposés sur une estrade, au fond de la salle, en demi-cercle.

En leur centre trône le doge, reconnaissable à son manteau de velours blanc et or, et à son corno orné de pierres précieuses. En contrebas, trois autres personnes, assises sur de simples chaises, sont les commissaires. On reconnaît les trois hommes de la taverne. Enfin, un rapporteur assiste à la réunion ; il est assis à une table à part, un registre posé devant lui.

LE RAPPORTEUR, *se levant avec solennité.* – Aujourd'hui 3 mars de l'an 1558, la séance est ouverte.

L'acoustique fait résonner sa voix qui reste comme suspendue dans l'air.

UN MEMBRE DU CONSEIL, *se levant à son tour et s'adressant à l'assemblée.* – Messieurs, comme vous le savez, un concours d'architecture a été lancé en vue de la construction d'un pont en pierre à l'emplacement de la rive haute. Nous sommes réunis pour choisir un projet. *S'adressant aux trois commissaires.* – Nous vous avons chargé d'étudier les projets. Présentez-nous les fruits de votre étude.

Tandis que le membre du Conseil s'assied, un premier commissaire se lève.

LE PREMIER COMMISSAIRE. – Messieurs, vingt-cinq projets nous sont parvenus de l'Italie tout entière. Vous trouverez une présentation complète de ces propositions au cabinet des Grands Livres. Pour l'heure, nous en avons retenu trois.

LE DEUXIÈME COMMISSAIRE. – Il s'agit des plans des maîtres Andrea Palladio, Michelangelo Buonarroti et Jacopo Sansovino. Le pont proposé par Palladio est conçu autour d'un portique central composé de quatre colonnes. Cinq arches enjamberont le Grand Canal. Pas de boutiques prévues. Ce projet couvre aussi le quartier environnant et exigerait la destruction, sur les deux rives, de nombreux édifices.

UN MEMBRE DU CONSEIL, *sceptique*. – Vous voulez dire que les Fabbriche Vecchie[1] à peine élevées devraient disparaître ?

LE TROISIÈME COMMISSAIRE. – Non seulement les Fabbriche Vecchie, mais aussi le palais des Camerlenghi, mon ministre. Les plans de maître Palladio prévoient l'aménagement aux extrémités de deux grands squares pour renforcer l'assise de l'édifice.

LE DEUXIÈME COMMISSAIRE. – Le pont proposé par Michelangelo Buonarroti, venu en personne nous présenter son œuvre, est de facture plus sobre. Une arche unique, deux rangées de boutiques, deux, euh, *il bafouille*, pardon, trois allées piétonnes…

Le commissaire baisse les yeux, semble un peu nerveux. Le deuxième est pris d'une quinte de toux. Le troisième laisse son regard papillonner et tapote ses doigts sur le bord de la table.

UN MEMBRE DU CONSEIL. – Donc, peu d'aménagement alentour ?

LE DEUXIÈME COMMISSAIRE. – Certes, mais sachez que le tarif de Michelangelo Buonarroti est fort élevé. Son prix constitue un obstacle sérieux… Enfin, le troisième projet est celui

1. Édifiées en 1522 par Antonio Scarpagnino, les Fabbriche Vecchie abritent les bureaux du tribunal.

de Sansovino. Une œuvre majestueuse portée par trois arches, chacune surélevée de portiques. Une ligne centrale composée de boutiques et de négoces assurera la rentabilité des travaux. Les extrémités du pont ne perturbent pas les abords.

Un jeune sénateur entre subitement dans la salle du Conseil. Aussitôt, la session est interrompue.

LE JEUNE SÉNATEUR, *le souffle haletant.* – Messieurs, pardonnez la brutalité de mon entrée, mais j'ai une nouvelle urgente. Les Turcs ont attaqué Chypre, la ville de Nicosie est sur le point de capituler.

Une agitation fébrile s'empare du Conseil. On entend des exclamations, des cris indignés et, pêle-mêle. – Ils ne nous prendront pas nos colonies ! – Depuis le temps qu'ils essaient de nous voler notre île ! – Nicosie résistera, elle a toujours résisté ! – On dit que les Turcs disposent de nouvelles armes…

LE DOGE, *se lève, solennel.* – Le devoir nous appelle. Reportons à des temps plus cléments la question de la reconstruction du pont du Rialto. Messieurs les commissaires, merci. *S'adressant aux membres du conseil.* – Convoquez les sénateurs et les conseillers pour une séance exceptionnelle.

Les commissaires se lèvent, s'inclinent devant le Conseil sans que personne leur prête attention. Gros plan sur la feuille du rapporteur qui, après avoir précautionneusement trempé sa plume dans l'encre, inscrit le mot « AJOURNÉ ».

Sur ces dernières images, VOIX OFF. – Commence alors pour Venise une sinistre période. La guerre contre les Turcs ruine les finances de la ville, tandis que la peste emporte un tiers de la population. La question de la construction du pont en pierre de la rive haute ne se pose plus et les plans de Michelangelo tombent dans l'oubli. *Fondu au noir.*

Trente ans plus tard.

5. INTÉRIEUR JOUR, ATELIER DU SCULPTEUR ALESSANDRO VITTORIA.

Comme tous les jeudis, Marco Antonio Barbaro, un notable de Venise, se rend chez son maître de sculptures, Alessandro Vittoria. Les deux hommes, vêtus d'une blouse blanche, sont au travail. Le premier ébarbe, à grands coups, un bloc de marbre, l'autre affine par touches délicates le regard pétrifié d'un saint.

BARBARO. – Vous ai-je dit que notre doge bien-aimé, Pasquale Cigogna, m'a convoqué ?

VITTORIA. – Vraiment ? En connaissez-vous la raison ? Pourriez-vous m'attraper la pique, juste derrière vous ?

BARBARO, *lui tendant l'outil.* – Il est question de rebâtir le Rialto. C'est une question déjà ancienne ; je me souviens de mon père qui, alors que j'étais encore adolescent, était revenu fâché d'une session du Conseil. « Venise attendra pour voir son Rialto en pierre. Et tout ça à cause des Turcs ! » se plaignait-il ! Cette fois, c'est la bonne ; mon cher père pourra bientôt traverser le Grand Canal à pied, en marchant sur de la pierre ! Une enquête va être ouverte sur les moyens les plus conformes à l'intérêt public de procéder à cette reconstruction. Nous sommes trois membres honorables à avoir été convoqués. Gare à celui qui refuse l'office, c'est une amende de cinq cents ducats qui l'attend ! *Il frappe avec ténacité sur la pierre dure.*

VITTORIA. – Pauvre Andrea Palladio, c'est dans sa tombe qu'il a emporté ses rêves de Rialto. Peu de temps avant sa mort, alors que je grimpais avec lui dans la coupole de l'église du Redentore pour consolider un ange au marbre défaillant, il m'a avoué qu'un de ses plus grands regrets avait été de ne pas avoir signé la reconstruction du Rialto. Il m'a confié ses plans en me recommandant d'en prendre soin. Je me souviens encore de lui me disant : « Trente ans d'air marin n'ont pas suffi pour les effacer, ni sur le papier ni dans ma mémoire. C'est pour me libérer l'esprit que je te les donne, sans ça, ils m'obséderont jusqu'à ma dernière heure. À quoi bon… Ce pont de pierre ne verra sans doute jamais le jour. »

Le sculpteur repose son marteau et son burin puis recule d'un mètre pour considérer son travail. Le saint dont il affinait le profil semble lui lancer un regard accusateur.

BARBARO, *intéressé.* – Il faut me montrer ces plans. Pourquoi ne pas envisager une œuvre posthume ?

VITTORIA. – Je crains que ces plans soient partis en fumée. *Il soupire et grimace.* Rappelez-vous ; il y a quatre ans, un incendie a ravagé mon atelier. Tout a brûlé.

BARBARO. – C'est bien pour cette raison que, contrairement à l'avis de notre ami

Andrea, le Rialto mérite d'être ennobli… La pierre, elle, est éternelle. *Il caresse la pierre qu'il est en train de dégraisser.* Cette histoire de plans me fait penser à une autre histoire : mon père m'a appris que Michelangelo Buonarroti avait présenté un projet de construction du pont. Or, j'ai cherché partout, j'ai retourné les archives du cabinet des Grands Livres sens dessus dessous et je ne trouve rien, absolument rien.

VITTORIA. – C'est sans doute que Michelangelo aura récupéré ses plans.

BARBARO. – Oui, peut-être, le saura-t-on un jour ? Je n'ai retrouvé que les plans de Sansovino, mais avec ses trois arches, son projet ne sera jamais accepté. Idem pour les plans de ce renard de Da Ponte. Il est venu me voir l'autre soir pour me les montrer. Trois arches encore ! Il n'a aucune chance d'être retenu.

VITTORIA. – Avec le nom qu'il porte, il mériterait tout de même de remporter le concours !

Quelques jours plus tard.

6. EXTÉRIEUR JOUR, DANS LE QUARTIER DE LA RIVE HAUTE.

Neuf heures du matin, l'activité bat son plein. De tous les quais alentour, une cacophonie de voix s'entremêle. Du côté de l'îlot San Giacometto, poissonniers et maraîchers interpellent le client :
– Ma pêche, mes poiscailles, pour qui mes crustacés ? – Croquez mes pommes d'amour, croquez ma pomme d'Adam !

Crémiers, cordeliers, maroquiniers, sont installés près de la Naranzeria où se monnaient cher l'orange et autres nourritures de luxe comme les épices, fraîchement débarquées des Indes. Au pied du pont, les commerçants affichent un sérieux presque dédaigneux. Ici se vendent draps de soie, fer, acier et, dans la ruga dei Oresi, ors et pierreries.

Un homme au dos courbé par l'âge, Antonio Da Ponte, marche à pas lents et rythmés. Il refait plusieurs fois le même parcours. Il compte ses pas à voix haute. Tend des ficelles d'un point à un autre. Il est accompagné d'un jeune homme, Nicolo, qui exécute ses ordres et, de temps en temps, lui présente une feuille de papier, un crayon, une équerre ou un compas. D'un plan large, l'image se resserre sur ce couple affairé.

ANTONIO DA PONTE, *excité.* – Nicolo, le papier !

Le jeune homme obéit.

ANTONIO DA PONTE, *dans sa barbe.* – 507 que multiplie 4, plus une force de 8, bon, voilà, c'est bien ce que je pensais.

Il relève la tête. Fronce les sourcils. Promène son regard tout autour de lui. Reprend sa mine de charbon pour griffonner encore quelques chiffres. Caresse sa barbe. Enfin, affiche un air satisfait.

ANTONIO DA PONTE, *s'adressant à Nicolo.* – Regarde, avec une inclinaison à 12°, une longueur de 22,20 m, une hauteur de 7,50 m, elles passeront leurs galères. Oui, tu me suis, on va leur dessiner une seule arche ; trois, ils n'en veulent pas. Une seule, mais une belle, tu verras. Un arc surbaissé de grand rayon. *Il fait un large geste en l'air, avec son bras, pour illustrer ses paroles.* Ah, c'est qu'elles seront robustes mes culées ! Allez, viens, on rentre. Il faut dessiner tout ça et préparer les plans pour la fin de la semaine. Il n'y a pas une minute à perdre.

Quelques semaines plus tard.

7. INTÉRIEUR JOUR, ESCALIER DES GÉANTS DANS LE PALAIS DES DOGES.

Le notable Marco Antonio Barbaro, dans son large manteau noir de fonction, descend les marches en compagnie d'un autre notable pareillement habillé. Ils conversent avec animation en gesticulant beaucoup.

BARBARO, *déçu*. – Da Ponte, ce gredin, ce voleur d'idées, choisi pour réaliser le pont du Rialto ! Ça ne lui aura pas suffi de terminer l'église du Redentore à la place de notre vieil ami Palladio. Ce Da Ponte ne m'a jamais été sympathique. Il y a encore un mois, il avait dessiné un pont à trois arches. Où a-t-il trouvé le temps pour refaire tout son projet ? Une vraie girouette, celui-là ! C'est à se demander s'il n'a pas été copier des plans quelque part...

L'AUTRE NOTABLE. – Ne sois pas injuste. Ses plans sont remarquables. Cette ligne pure qui enjambe le Grand Canal, cette rue suspendue, ce passage en encorbellement fermé de balustrades, c'est magnifique ! Et ces balconnets supportés par des corniches...

BARBARO, *l'interrompant, courroucé.* – Parlons-en des corniches ; lourdes, disgracieuses. On aurait préféré que la force se dissimule sous la grâce et l'élégance. Ce pont est une masse de pierre, oui !

L'AUTRE NOTABLE. – Reconnais tout de même que la conception est audacieuse, l'accès aisé, et que son coût ne ruinera pas notre peuple.

BARBARO, *ignorant les paroles de son interlocuteur.* – Ah, si Da Ponte acceptait quelques idées de Scamozzi, ça sauverait peut-être l'affaire. Lui, au moins, il sait y faire en matière d'harmonie. Pauvre Scamozzi, il va être bien triste en apprenant la décision de la commission. Et Alvise Boldu donc, voilà cinq ans qu'il travaillait à ses plans. Enfin. Il me reste l'espoir que Da Ponte accepte de collaborer avec Scamozzi. Alors oui, peut-être, le nouveau pont du Rialto sera grandiose.

Ils arrivent en bas de l'escalier.

BARBARO. – Allez, va porter la nouvelle au gagnant, puisque le Conseil en a décidé ainsi. De mon côté, je vais consoler les perdants. À bientôt.

8. EXTÉRIEUR JOUR, PONT DU RIALTO.

Travelling avant sur la construction du pont où résonnent les mille et un coups des tailleurs de pierre qui transpirent sous le soleil. La place est couverte de débris caillouteux et de poussière blanche. Comme de la neige, en plein été. Des pierres, il en arrive de partout. Les blocs de marbre sont entassés près de l'abord du pont. La caméra s'avance près du Grand Canal : deux barrages retiennent les eaux en son centre pour laisser les bas-côtés à découvert. Des ouvriers plantent les douze mille pilotis qui supporteront le pont. Du chantier s'élève un fracas assourdissant, mais, au-delà des bruits de ce labeur, les hommes chantent, en cadence, des airs populaires…

VOIX OFF. – Personne n'a jamais su si Andrea Da Ponte s'inspira des plans de Michelangelo Buonarroti, ou de ceux d'Andrea Palladio. Ou si, finalement, il accepta discrètement quelques suggestions de son rival Vincenzo Scamozzi. En revanche, ce qui est sûr, c'est que le pont du Rialto fut un véritable exploit d'ingénierie. L'arche unique facilita le trafic maritime et donna au monde une nouvelle preuve du génie vénitien dans l'art d'apprivoiser les eaux du Grand Canal.

LE PHÉNIX

Nombreux furent les édifices de Venise, construits en bois, qui sont partis en fumée. Certains, comme le pont du Rialto ou La Fenice, ont même été reconstruits plusieurs fois.

La Fenice, quand il brûle en 1774 pour la première fois, s'appelle le théâtre San Benedetto, il est l'opéra le plus renommé de Venise. Après l'incendie, il est rapidement reconstruit. Lors de son inauguration en 1792, pour conjurer le sort, il est baptisé La Fenice, le phénix, du nom de l'oiseau mythologique qui renaît de ses cendres. Les plus grands compositeurs italiens de l'époque assoient sa notoriété : Rossini, Bellini, Donizetti.

Dans la nuit du 12 au 13 décembre 1836, les cloches du campanile Saint-Marc sonnent l'alarme : La Fenice brûle à nouveau.

Le théâtre fait honneur à son nom et, reconstruit, rouvre en décembre 1837. De 1844 à 1857, plusieurs opéras de Verdi y voient le jour : *Ernani, Rigoletto, La Traviata.*

Mais le 29 janvier 1996 dans la soirée, alors qu'il est en cours de restauration, le théâtre s'embrase. Il ne reste que la façade.

Il est décidé qu'il sera reconstruit à l'identique, dans toute sa splendeur.

Et le 18 novembre 2004, avec *La Traviata*, La Fenice renaît de ses cendres pour la troisième fois.

NAISSANCE
D'UNE ÉTOILE
1725

– SILENCE, mesdemoiselles ! Silence ! Le concert chez l'ambassadeur de France a lieu demain soir et nous devons encore travailler pour faire honneur à ses illustres invités. N'oubliez pas que nous jouerons pour le futur roi de France Louis XV en personne, et sa promise Marie Leszczynska. Il n'y a plus une minute à perdre !

Dans la galerie de la chapelle de la Pietà, ce jour de 1725, un musicien motive sa troupe. Ce musicien c'est Antonio Vivaldi, dit le Prêtre roux, maître de concert et compositeur attitré de la Pietà. Il tient son violon d'une main, son archet de l'autre. Face à son orchestre composé d'une vingtaine de demoiselles, il trépigne.

– Reprenons. Chiaretta, Zabetta et Margarita, à vous le soin de commencer ! Soyez précises, exaltées, lumineuses dans votre exécution. Laissez la musique s'échapper de votre cœur ; il doit être seul guide de vos gestes. Et attention au tempo ; soyez en rythme, mesdemoiselles ! Respectez les soupirs et détachez bien les croches, comme ceci…

Et Vivaldi place son violon et entame le thème principal de la cantate qu'il a composée pour le mariage de Louis XV, *Gloria e Himeneo*, en marquant les temps. Son buste virevolte au gré de la mélodie et, à chaque pause et demi-pause, il relève la tête et s'autorise une profonde respiration.

– Avez-vous bien saisi ? Alors, reprenons.

Se servant de son archet comme d'une baguette, il fait signe à ses élèves de se tenir prêtes. Toutes retiennent leur souffle, les yeux rivés sur la main du maître qui soudain commence sa battue. Trois violons entrent en scène. Suivent le basson, le salmo[1] et la viole d'amour. Enfin, la voix d'Anna Giraud s'élève au-dessus des instruments :

À l'ombre d'un beau hêtre
Alors que je le regardais
Amour tu as vaincu

Anna a environ seize ans, cependant elle a été recrutée tant elle maîtrise l'art du chant à la perfection. Un chœur de soprani la rejoint dans ses arpèges tandis que les violons reprennent de plus belle le thème de la cantate.

1. Ancêtre de la clarinette.

– Anna, je vous félicite, je vois que vous avez bien travaillé le phrasé mezzo forte qui, la dernière fois, faisait défaut. Mi, sol, sol, si, do, si, do, ré, fredonne-t-il en s'accompagnant de son archet.

Tandis que la répétition prend fin et que les musiciennes rangent leurs instruments, Antonio Vivaldi s'approche d'Anna.

– Retrouvez-moi dès la tombée de la nuit, lui chuchote-t-il, au café la *Venise triomphante*, sous les arcades des Procuraties, place Saint-Marc... Je souhaite vous entretenir d'un projet qui m'est cher et qui doit rester secret.

Tout en baissant les yeux, Anna lui répond qu'elle y sera. Après quoi elle s'empresse de rejoindre ses compagnes qui regagnent l'hospice[1] de la Pietà dont elles sont pensionnaires. Du groupe de musiciennes en marche s'échappe une sorte de pépiement, témoin de leur bonne humeur et de leur excitation.

Ces orphelines à qui l'on attribuerait volontiers une nature mélancolique du fait de leur

1. Il existe à cette époque quatre hospices à Venise. Tous sont des conservatoires de musique. Celui de la Pietà est parmi les plus réputés d'Europe. Les musiciennes de la Pietà sont pupilles de la République de Venise. La plupart sont orphelines et l'étude de la musique constitue leur principale activité. Le samedi et le dimanche, lorsque vêpres sonnent aux mille clochers alentour, elles offrent au public leurs talents de concertistes.

état sont en réalité, sans doute grâce à la musique, des jeunes filles au caractère drôle et enjoué.

Midi carillonne au clocher de San Zaccaria lorsque Vivaldi reprend le chemin de sa maison. Le petit quai des Esclaves qu'il emprunte d'abord déborde d'activité. Ici on charge et on décharge, on marchande, on hèle. Vivaldi n'aime pas ce brouhaha. Sa santé fragile lui impose d'économiser ses forces et de marcher le moins possible. Parvenu au pont qui enjambe le rio dei Greci, il interpelle un gondolier.

– Eh toi, emmène-moi jusqu'au rio del Paradisio !

La barque s'enfonce dans la ville, traverse le quartier grec où un souffle d'air fleure l'olive, tourne deux fois à gauche pour arriver au pont du Paradis.

Chez lui, la famille a déjà pris place autour de la table. Sa mère l'accueille pour le déjeuner.

– Le postier t'a apporté un colis d'Amsterdam, lui apprend-elle en servant une longe de veau au fenouil.

Mais le fenouil, que Vivaldi affectionne pourtant, ne présente que peu d'attraits à côté de la précieuse livraison ! Il s'en saisit et l'ouvre dans la hâte : Michel Le Cène, son éditeur hollandais, lui envoie la publication de son dernier opéra intitulé *Dorilla in Tempe*. Il le feuillette, s'arrête à certaines pages pour déchiffrer un passage…

– La poste, quel miracle, l'imprimerie, quelle belle invention ! Si vous le permettez et avant notre prière, annonce-t-il aux siens en saisissant son violon, je vous jouerai les premières mesures.

Parents et sœurs assistent à la scène, impatients : ils ont faim !

La nuit vient de tomber lorsque Antonio Vivaldi s'aventure à son rendez-vous. Il marche d'un pas ferme, précédé de son porteur de lanterne habituel, l'aimable Giacomo. C'est que l'obscurité rend les traversées de la ville malaisées et incertaines. Tantôt un rat stationne sur le chemin, que la lueur de la lanterne fait fuir. Tantôt la rue bifurque, sans que l'on puisse le deviner parce qu'il y fait trop sombre. Tantôt des bandits surgissent hors des recoins, espérant dépouiller un marcheur solitaire. Arrivé place Saint-Marc illuminée d'une multitude de chandelles, Vivaldi se retourne vers Giacomo.

– Viens m'attendre dans une heure. Je te paierai au retour.

Floriano Francesconi, l'heureux propriétaire de la *Venise triomphante*, accueille son illustre client avec le sourire.

– Quel honneur de recevoir votre visite, monsieur l'abbé ! J'ai une bonne table et quelques collations à vous proposer. Attendez-vous des visiteurs ce soir ?

Tandis qu'il prononce ces mots, une gracieuse silhouette se glisse jusqu'à eux, le visage masqué.

– J'arrive à temps, cher maître, prononce une voix limpide.

L'abbé suggère au cafetier :

– Placez-nous dans un endroit tranquille.

Difficile de trouver une place paisible dans ce café à la mode où gens de lettres et nobles viennent s'abreuver de café, de chocolat et de liqueurs. À une table proche, un groupe de jeunes hommes discute bruyamment. Il est question d'une pièce qui se joue au théâtre San Salvatore depuis une semaine. Les uns critiquent, les autres s'enthousiasment. Le tout jeune Carlo Goldoni se moque ouvertement de l'auteur :

– Il aurait mieux fait de rester au lit au lieu de nous pondre pareil mélodrame qui ne présente ni début ni fin dignes de ce nom! s'esclaffe-t-il.

Mais son regard moqueur se fait admiratif lorsque Anna s'avance et le frôle en rejoignant Vivaldi. Personne ne remarque l'émoi dans lequel la vision de cette fine silhouette le jette instantanément.

Dans un coin de la salle, le maître et son élève se sont installés à une table confortable.

– À présent, parlons sérieusement, commence le prêtre. Savez-vous que je travaille à un nouvel opéra ? Il s'intitulera *Dorilla in Tempe*. Je le produirai l'an prochain au Sant'Angelo, un théâtre pour lequel je collabore depuis plusieurs années.

– Nous savons bien ces choses, monsieur. Notre mère supérieure nous informe régulièrement de vos travaux et nous n'en avons que plus d'honneur de compter parmi vos élèves, intervient Anna.

– Je suis comblé de vous entendre ainsi, très chère. Et c'est avec d'autant plus de plaisir que je vous livre mon secret.

Il s'interrompt brusquement tandis qu'un garçon de café leur sert des tisanes. Puis, il reprend :

– Je souhaite vous proposer un rôle important dans mon opéra.

– Comment ? Vous me croyez capable d'affronter la scène ? De la satisfaire ? interroge Anna en balbutiant sous le coup de l'émotion.

– Faites confiance à mon oreille. Ces dernières semaines, j'ai fait particulièrement attention à votre travail. J'y trouve du mérite. De la justesse. Je dirais même que vous possédez un talent.

Anna baisse les yeux avec modestie. Une bouffée d'air chaud lui colore les joues.

– Croyez-moi... Vous êtes jeune et avez encore tout à apprendre, mais je pressens une grande carrière devant vous. Et je souhaiterais être le premier à vous mettre en scène. D'ailleurs, je vous verrai à l'œuvre dès demain. J'attends beaucoup de vous lors du concert chez l'ambassadeur.

– Je ferai de mon mieux pour répondre à votre attente, réplique Anna, relevant enfin les paupières et découvrant un regard pétillant.

– Sachez que si vous acceptez, votre engagement devra être sans faille. Et ne vous inquiétez pas pour votre rémunération ; elle vaudra bien la peine que vous vous donnerez. D'ici là, faites-moi le serment de n'évoquer cette rencontre à personne.

– Vous avez ma parole, maître. Mais laissez-moi quelques jours pour réfléchir à votre proposition.

Anna remet son masque et rejoint la sortie où l'attend son chaperon chargé de veiller sur elle lors de cette marche nocturne. Ensemble, elles regagnent l'hospice voisin. Sur le chemin, un sentiment mêlé d'exaltation et d'angoisse s'empare d'Anna. « Et si demain, par malheur… Non, impossible, je dois réussir » songe-t-elle.

Au cours de la nuit, Anna se réveille plusieurs fois. Les questions et les doutes l'assaillent. Elle se tourne et se retourne sur sa couche avant de replonger dans le sommeil. Lorsque sonnent les matines, elle doit faire un effort considérable pour s'extirper de son lit.

Dans la matinée, une ultime répétition a lieu. Aujourd'hui samedi, la chapelle de la Pietà est ouverte au public. Les orphelines s'installent dans la galerie ; une grille de fer forgé les protège des regards indiscrets. Elles sont pareilles à des anges dans leurs robes blanches, les cheveux garnis de fleurs. On se presse pour assister à ce moment de grâce. Derrière leurs masques, marquis et comtesses se rendent à ces rendez-vous musicaux pour chercher une simplicité et une pureté que les longs mois de carnaval ont éclipsées.

Dans le réfectoire de l'hospice où les jeunes filles déjeunent avant de se rendre au concert, c'est l'effervescence. Bien sûr, elles ont l'habitude des concerts et des représentations. N'empêche que jouer et chanter pour le futur roi et la future reine de France n'est pas chose courante. Et puis la fête, dans un des plus élégants palais de la Sérénissime, s'annonce extravagante. Le bruit court que, après l'exécution de la cantate, les plus âgées des concertistes auront la permission de rester à la réception…

L'heure de partir est enfin arrivée ; les artistes quittent l'hospice dans la nuit tombante. Vivaldi mène la marche. Il les emmène non loin, sur le quai. Chacune prend place dans la caorlina réservée pour l'occasion. L'embarcation s'engouffre sur les eaux dorées du Grand Canal. Anna sent son cœur battre la chamade en voyant s'approcher la façade incrustée de marbres polychromes du palais de l'ambassadeur.

– C'est donc ici que nous livrerons bataille ! glisse-t-elle à l'oreille de Margarita, sa fidèle amie, qui répond par un petit rire nerveux.

Une fois la caorlina accostée, on les conduit à travers un dédale de halls et de couloirs. Leurs pas claquent sur le bois exotique du parquet. C'est tout juste si on leur laisse le temps de retirer leur petite cape et d'enjoliver leur coiffure de fleurs délicatement parfumées. Déjà un majordome leur annonce :

– Le prince vous attend, mesdemoiselles, veuillez prendre place dans la salle de fêtes.

Antonio Vivaldi, qui jusqu'alors est resté muet, élève soudain la voix.

– Puisqu'on nous le demande, il faut y aller. N'oubliez pas : jouez avec votre cœur. Il est le véritable guide de votre musique.

Il prononce ces mots, le regard fixé sur Anna, sa jeune protégée.

À peine ont-elles accordé leurs instruments que Vivaldi leur donne le signal. Tandis qu'elles commencent leur partition avec ferveur, ambassadeurs, ducs, duchesses, sultans, sultanes et autres invités issus de la plus haute aristocratie vénitienne, se montrent distraits.

Le futur Louis XV ne cesse de s'agiter ; il salue les uns, tend la main vers d'autres pour se la faire baiser, se racle la gorge, s'évente à l'aide d'un mouchoir, bâille. Pour tout dire, le concert semble l'ennuyer. Vivaldi est tendu, crispé. Que diable se passe-t-il ? Ses musiciennes jouent pourtant sa composition avec brio. Jusque-là, pas de fausse note !

Au moment où les instruments ralentissent leur rythme, Anna gagne le devant de la scène. Elle redresse son buste, ouvre ses épaules, relève sa tête. Le temps d'une profonde inspiration, elle sent une force l'envoûter. Le silence s'installe dans la salle en une fraction de seconde, tous les regards se tournent vers elle. Alors elle entonne sa partie d'une voix limpide, avec une douceur et une fluidité infinies. Sous son énorme perruque poudrée, le futur roi de France paraît séduit. À sa gauche, sa future épouse, belle étoile polonaise, est captivée. À sa droite, l'ambassadeur affiche une mine soulagée. L'ensemble du public semble conquis.

Au fond de la salle, Carlo Goldoni, mélomane à ses heures, est stupéfait ; cette voix, cette grâce ! Cette cantatrice serait-elle celle qu'il a entraperçue la veille, à la *Venise triomphante* ?

Les applaudissements éclatent lorsque Anna salue d'une révérence. Antonio Vivaldi croise furtivement le regard de son élève prodige. Pour la première fois, elle lui sourit. Elle sait qu'elle a réussi. Elle sait qu'elle deviendra la prima donna du maestro. Et qu'un jour, sans doute, elle parcourra les routes pour se produire sur les plus grandes scènes d'Europe.

LE FLORIAN

Ce n'est pas un hasard si Vivaldi donne rendez-vous à Anna Giraud à la *Venise triomphante*. Dans ce café ouvert le 29 décembre 1720 par Floriano Francesconi, et bientôt appelé Le Florian, du nom de son propriétaire, se réunissent les personnalités de l'époque.

Nobles, ambassadeurs, riches marchands, artistes, s'y côtoient. Goldoni qui en est un client assidu y trouve une source d'inspiration pour ses pièces de théâtre, Casanova y a ses habitudes. On y parle politique, art, philosophie, on y conclut des affaires en sirotant du café, des vins d'Orient.

Balzac l'évoque dans une de ses nouvelles, *Massimilla Doni* : « Florian est à Venise une indéfinissable institution. Les négociants y font leurs affaires, et les avocats y donnent des rendez-vous pour y traiter leurs consultations les plus épineuses. Florian est tout à la fois une Bourse, un foyer de théâtre, un cabinet de lecture, un club, un confessionnal. »

Aujourd'hui encore, Le Florian est le café le plus célèbre de Venise. Si vous passez place Saint-Marc, faites une halte en terrasse ou dans une de ses salles. Peut-être celle des Hommes Illustres, où se côtoient les portraits de célébrités de la Sérénissime : Carlo Goldoni, Pietro Orseolo et Andrea Palladio.

LA SORCIÈRE
DE MURANO
1733

DANS LA CHEMINÉE de la majestueuse bibliothèque du château de Dux en Bohème, le feu crépitait avec allégresse et dégageait une bienfaisante chaleur. Cette douce soirée d'automne 1795 s'annonçait ordinaire. Des rayonnages lourdement fournis et d'impeccables boiseries lustrées meublaient harmonieusement cette vaste pièce où courait une étroite galerie. Attablé à son bureau, face à la cheminée, le maître des livres et des lieux, Giovanni Giacomo Casanova de Seingalt, rédigeait ses *Mémoires*[1].

Son fidèle serviteur ouvrit la porte et lui annonça :

– Monsieur, le comte Quentin d'Estrague souhaite vous voir, puis-je le laisser…

Le majordome n'eut pas le temps d'achever sa phrase qu'un jeune homme fit irruption dans la pièce. Du rythme vif de ses pas se dégageait une forte impatience.

1. *Mémoires,* aussi intitulés *Histoires de ma vie,* que Casanova a rédigés en français et dans lesquels, en plusieurs milliers de pages, il décrit les péripéties de sa vie d'aventurier.

– Monsieur, souffrez que je me présente, je suis le comte Quentin d'Estrague, pour vous servir.

Il s'avança jusqu'au vieil homme et le salua avec grand respect. Le majordome se retira discrètement.

– Asseyez-vous, comte, je vous prie. Et informez-moi du motif de votre visite. N'est-ce pas vous qui m'avez écrit récemment, demandant à me rencontrer ?

– En effet maître, c'est bien moi, lança le visiteur avec fougue. J'ai bien souvent entendu parler de vous et lu plusieurs de vos ouvrages. Vos aventures, vos expériences, votre personnalité, m'ont impressionné. C'est pourquoi je tenais absolument à vous être présenté et c'est pour moi un immense honneur d'être à cet instant à vos côtés. Si j'ai parcouru plusieurs centaines de lieues depuis ma Provence natale pour venir jusqu'ici, c'est qu'une question me brûle les lèvres !

– Une question, jeune homme ? Et laquelle ?

– Eh bien voilà. Vous qui avez vécu plus de soixante-dix ans sur cette terre, qui avez voyagé à travers toute l'Europe, de l'Angleterre au royaume d'Espagne et des Provinces-Unies à la Russie, qui avez été agent secret…

– J'ai exercé ce métier avec délices…

– Qui avez réussi à vous échapper des prisons de Venise...

– N'importe quel esprit espiègle dans un corps alerte y serait parvenu...

– Qui vous êtes maintes fois battu en duel, qui avez conversé avec le philosophe Voltaire...

– J'avoue que mon esprit en a été influencé.

– Qui avez donné quelques conseils à Mozart pour son *Don Giovanni*...

– Modestement, tout de même...

– Vous qui avez tenu dans vos bras des centaines de femmes...

– Et c'est peu dire, jeune homme !

– Quel est l'épisode de votre existence qui reste le plus vivace à votre mémoire ?

Casanova ne répondit pas tout de suite. Ses sourcils se soulevèrent de perplexité, creusant une ride supplémentaire sur son front parcheminé. Un vague sourire naquit sur ses lèvres de vieillard. Un instant, il sembla plonger dans une très profonde nostalgie, puis il s'éclaircit la gorge et commença, de sa voix rocailleuse à l'accent italien, le récit que voici.

C'était en 1733, le jour de mes huit ans. À l'époque, je vivais avec ma nonna[1] Marisia. Nous étions très proches tous les deux, très complices.

Ce matin-là, je me réveillai, une fois encore, dans des draps maculés de sang. Ma chère nonna me trouva gémissant dans mon lit. Elle leva les bras au ciel en se lamentant.

– Pauvre petit, ton affaire ne s'arrange pas. Est-ce Dieu possible de saigner du nez nuit et jour ? Faut être de la famille des Casanova pour voir ça. Parce que de mon côté, côté Farosso, on n'a jamais saigné de cette façon. Lève-toi vite, mon petit Giacomo, que je mette ton linge à bouillir, autrement rien ne sera sec pour la nuit prochaine, s'exclama-t-elle dans un profond soupir.

Elle disparut puis revint pour me laver le visage avec de l'eau fraîche et repartit, mes draps roulés en boule sous le bras.

Tandis que je me hâtais d'enfiler mes nippes, je l'entendis installer le chaudron sur le feu, pousser notre porte d'entrée, et s'éloigner à petits pas en poursuivant :

– Et que dira sa mère quand elle lui verra cette mauvaise mine ?

1. Grand-mère, mamie.

C'est qu'en effet madame ma mère avait annoncé son retour à Venise. Depuis combien de temps ne l'avais-je point vue ? Quatre ans, ou peut-être plus.

C'est à peine si je me souvenais de son visage. Elle avait embarqué mon père dans une tournée européenne. Les planches, la scène, la comédie, voilà ce qui la faisait voyager d'une contrée à l'autre.

Grand-mère, elle, n'avait que peu d'estime pour les gens du spectacle. Elle me répétait sans cesse que c'était le théâtre qui nous avait volé ma mère chérie, Zanetta et, par la même occasion, Gaetano, monsieur mon père.

Je retrouvai ma grand-mère au bout de la calle[1] delle Monache, au bord du canal. À côté d'elle, Maddalena, notre voisine, lavait aussi son linge.

Le bruit du battoir frappant le drap trempé résonnait sur l'eau verte comme par ricochet. Entre deux claques, les deux femmes échangeaient les nouvelles :

– Quoi donc, votre pauvre mari était sur le bateau ? s'étonna ma grand-mère.

– Sûr qu'il y était ! Ils l'ont épargné, Dieu merci ! Tout ce qu'ils voulaient, ces barbares,

1. Ruelle typique de Venise.

ces pirates, c'étaient les peaux séchées des requins. Le reste, ils n'y ont pas touché. Mon pauvre Gasparo, il est resté tapi dans la cale pendant deux jours avant de remettre le nez dehors. Il en a vu du carnage, et du vrai...

– Bah, c'est malheureux d'entendre toute cette peine. Moi c'est mon petit Giacomo qui me donne du tracas ; je ne sais plus quoi faire. C'est qu'il est aussi pâle qu'une ricotta[1] et qu'il saigne du nez à toute heure. Notre aimable et noble ami l'apothicaire m'a bien procuré quelques baumes et emplâtres, mais rien n'y fait. Voilà des mois que son nez coule comme une fontaine ! Et Zanetta, ma friponne de fille, nous écrit qu'elle arrive prochainement. Faudrait quand même qu'elle retrouve son petit en bon état !

– Je sais ce qu'il lui faut à ton Giacomo : emmène-le voir la sorcière, à Murano. Il n'y a qu'elle qui pourra le soigner, ton petit homme ! Demande à Pier Antonio, le gondolier de San Giustina. Il connaît le chemin. C'est lui qui nous a embarquées quand Angela était mal en point. Tu te souviens ? Des pustules, elle en avait du crâne aux orteils. C'est la sorcière qui nous l'a sauvée. Dieu soit loué.

1. Fromage frais confectionné à partir du petit-lait de fromages entiers.

La sorcière, je te le dis mais garde ça pour toi elle sait y faire. Ne raconte pas que tu viens de ma part. Ces choses-là, on les sait, on les voit, mais faut vite les oublier.

C'est ainsi qu'à l'aube du lendemain, ma nonna et moi nous étions sur le pont de San Giustina à chercher Pier Antonio, le gondolier. Il accepta de nous conduire à Murano. Il largua les amarres et nous nous retrouvâmes à glisser sur l'eau sombre dans un épais nuage glacé. Il faisait si froid que ma nonna m'enroula dans une couverture. Je savais que Murano était une petite île proche de Venise, mais je n'y avais encore jamais mis les pieds. Elle avait grande réputation : c'est là que les plus belles verreries de la contrée étaient soufflées.

Les ateliers se comptaient par dizaines et les maîtres verriers étaient parmi les artisans les plus riches de la région. On venait de l'étranger leur commander de l'ouvrage. Grand-mère me disait souvent que ces gens-là vivaient du secret parce que personne d'autre qu'eux ne savait comment on fabriquait le verre et le cristal.

Un quart d'heure plus tard, tandis que la brume commençait juste à se dissiper, nous accostâmes un promontoire couvert de givre.

– Au bout du chemin, tournez à droite. C'est là que vous trouverez votre bonne femme, nous dit simplement le gondolier en nous aidant à débarquer. Je passerai vous prendre dans une heure. Bonne chance !

Et il repartit aussitôt.

Murano, nous étions à Murano ! J'ouvrais grands mes yeux dans l'espoir d'apercevoir ces fameux ateliers dont on m'avait parlé, mais de ce côté de l'île il n'y avait que pâtures. Il y avait aussi ce chemin de terre sur lequel nous nous mîmes en route et qui, rapidement, bifurqua vers la droite. Le profil d'une vieille baraque, chapeautée d'une petite cheminée fumante, se dessina. Nous continuâmes notre marche quand, soudain, la silhouette d'une vieille femme échevelée, gesticulant d'arbre en arbre et psalmodiant une drôle de recette, nous apparut.

– Langue de lézard, graisse de cafard, poil de jument, bave de serpent.

En entendant nos pas, elle se redressa.

– Eh ! Qui va là ? Qui cherchez-vous ? nous lança-t-elle.

Sa bouche édentée, son corps malingre et ses habits crasseux faisaient d'elle un personnage repoussant.

– Nous venons chercher remède et magie auprès de vous, madame, osa ma nonna. Mon petit-fils saigne du nez à toute heure de la journée et de la nuit. Regardez comme il est pâle et blême. Je…

– Ça va, ça va, la mamie. Paie avant d'entrer dans ma maison !

Ma grand-mère lui remit un ducat d'argent et la sorcière repartit, tête baissée, dos courbé, ramasser des branches en répétant sa formule :

– Langue de lézard, graisse de cafard, poil de jument, bave de serpent, ourdi-ourda, sois avec moi.

Nous approchâmes de son repaire. Un vieux chien galeux et sans queue détala de l'entrée. Ma nonna me poussa devant et nous débouchâmes dans une pièce sale et obscure. Une odeur nauséeuse nous emplit la narine. Notre arrivée réveilla une chouette qui ouvrit de grands yeux et nous jeta un regard accusateur aussi vif qu'un éclair. Dans une boîte en bois, une portée de chatons somnolait paresseusement. La sorcière nous rejoignit en haletant.

– Qu'il se mette nu, cet enfant! ordonna-t-elle.

Je m'exécutai et frissonnai, saisi par le froid. La sorcière me tira par la main, une main froide et calleuse, pour me faire asseoir sur la table principale de la pièce. Puis, maugréant, elle alla fouiller dans un coffre en bois. Elle en sortit un vieux voile qu'elle déchira par le milieu et m'enveloppa la tête, les épaules, les jambes.

Elle se tenait face à moi et je la distinguais à peine à travers le voile. Elle disparut un instant et, quand elle revint, elle me saupoudra d'une poussière puante et grise en faisant autour de moi de larges gestes avec ses longs bras frêles.

– Langue de lézard, graisse de cafard, poil de jument, bave de serpent, feront une poudre miracle. Par le menton de Lucifer, par la barbe de Satan, abracadabra, poudre miracle, aie le pouvoir d'éloigner le mal qui l'empoisonne!

Elle cracha par terre trois fois, puis gémit, trépigna, répéta une fois encore sa formule. Elle me démaillota, me frotta les tempes et la nuque avec un onguent qui exhalait une odeur suave, après quoi elle me rhabilla.

– Voilà, il ne saignera plus. Mais attention : pas un mot de tout cela à personne, sinon il perdra tout son sang, et il en mourra.

Comme par miracle, plusieurs jours s'écoulèrent sans que je verse une goutte de sang. La sorcière de Murano avait dit vrai.

Mais que de cauchemars vinrent peupler mes nuits ! Son visage m'apparaissait, toujours grimaçant. Elle avait des comportements bizarres, me regardait en ricanant, tendait ses mains vers moi en riant de plus belle, me crachant son haleine fétide à la figure. Alors j'avais l'impression que j'allais mourir et, heureusement, je me réveillais à ce moment précis, suffocant et transpirant.

Jusqu'à ce beau jour ensoleillé de mi-carême, à la fin de l'hiver. Les cloches de Santa Maria Formosa sonnaient à tout rompre. Place San Luca, on avait exposé la Vieille, un épouvantail rempli de fruits secs, de châtaignes, de pâtisseries et de confiseries, qui ressemblait un peu à ma sorcière.

Comme de coutume, la Vieille fut sciée par son milieu. J'attrapai un beignet et regagnai mes pénates, la bouche pleine de sucre. Soudain, au bout de la calle delle Monache, devant notre maison, je vis une grande et gracieuse dame très joliment accoutrée qui appelait ma nonna avec, dans le ton, une certaine familiarité.

– Marisia, Marisia, nous voilà ! Voyons, apparaissez ! Ce long voyage nous a exténués. Marisia, faut-il que je me casse la voix pour que vous m'entendiez ?

Grand-mère apparut à sa fenêtre.

– Que Dieu soit loué ! Enfin vous êtes là, entrez vite ! C'est Giacomo qui va être content !

– Mais par où entre-t-on, mère ? Par cette petite entrée-là je suppose ?

Ma mère poussa la porte de notre maison et disparut. Derrière elle, suivait mon père. Et derrière mon père, trottaient trois bambins. Un brun, un rouquin et une blonde…

Le vieux Casanova s'interrompit, secoué par une violente quinte. Il porta une main à sa poitrine, ce qui eut pour effet de calmer sa toux.

Son regard se perdit sur les bûches que les flammes terminaient de consumer. Quentin d'Estrague crut alors que le lettré du château de Dux avait achevé son récit. Tout au long de ce monologue, il n'avait osé interrompre celui qui, par ses écrits, l'avait tant impressionné. Il s'apprêtait à prendre la parole quand Giacomo Casanova souleva sa main pour l'inviter à garder le silence et, reprenant profondément son souffle, conclut ainsi son histoire de jeunesse :

– Ce jour-là, comprenez-vous, je cessai d'être fils unique. Le monde de mon enfance s'écroulait au profit d'un nouvel univers. En si peu de jours j'avais tellement vécu : la peur chez cette sorcière, la joie de la guérison, le bonheur de retrouver ma mère, la découverte des sentiments de fraternité. En m'approchant des nouveaux arrivants, je constatai qu'un maigre filet de sang s'écoulait du nez de ma petite sœur. Je la pris par la main et lui promis, dans un chuchotement, que je l'aiderais à guérir.

Lorsque Quentin d'Estrague remonta dans son carrosse pour quitter le château, il souriait en son for intérieur. Certes, les écrits de Giacomo Casanova l'avaient conquis ; mais cette rencontre avec l'homme avait encore consolidé l'admiration qu'il lui portait. Casanova l'avait reçu avec humanité et lui avait appris que, pour soulager un mal, il faut être patient et vaincre ses peurs. Belle leçon de courage en somme ! Dans la vie, certaines rencontres façonnent les personnalités. Indéniablement, celle qui venait de se dérouler était de celles-là.

L'ÉVASION

Quentin d'Estrague n'a pas manqué de le rappeler : Casanova s'est évadé des Plombs, les célèbres prisons de Venise ! Et cette fuite, qu'il a racontée en détail, est devenue célèbre.

Arrêté le 26 juillet 1755, Casanova est aussitôt enfermé dans une cellule des Plombs sous le toit du palais des Doges. Il échafaude un premier plan d'évasion qui échoue car on le change de cellule. Qu'à cela ne tienne, il en échafaude un autre.

La nuit du 31 octobre 1756, avec un compagnon de captivité, Casanova, muni d'un paquet contenant quelques habits, écarte une plaque de plomb et se hisse sur le toit. Là, il repère une lucarne donnant sur un grenier. Les deux complices s'y glissent. De pièce en pièce, forçant des portes, dévalant des escaliers, ils arrivent dans la salle carrée du palais des Doges. Casanova enfile son habit, se coiffe de son chapeau pour ressembler à un homme sortant d'une nuit de fête. Il ouvre une fenêtre donnant sur la cour du palais.

Des passants l'aperçoivent et préviennent le concierge. Ce dernier, pensant qu'il a enfermé un visiteur par mégarde, vient lui ouvrir. Casanova descend l'escalier des Géants, hèle une gondole. Quelques jours plus tard, il franchit les frontières de la Sérénissime.

LE CARNAVAL
DE L'AMOUR
1751

COMÉDIE EN TROIS ACTES ET EN PROSE

PERSONNAGES

COLOMBINE, *comédienne.*

ARLEQUIN, *comédien.*

CARLO GOLDONI, *auteur et metteur en scène.*

GIROLAMO MEDEBACH, *directeur du théâtre Sant'Angelo.*

PIETRO LONGHI, *peintre vénitien.*

TOFFOLO, *cafetier.*

ANZOLETTA, *lingère, sœur de Colombine.*

UN GONDOLIER.

UNE VENDEUSE DE POLENTA.

De nombreux figurants, foule de carnaval et spectateurs de théâtre.

La scène se passe à Venise en 1751.

Acte I

Scène I

Arlequin, Colombine.

Le décor représente le croisement de deux calli dans le sestiere de San Marco. Côté cour : l'entrée du théâtre Sant'Angelo. Côté jardin : un coin de ruelle. En fond de scène : un canal. Arlequin et Colombine sortent du théâtre en se disputant.

Colombine. – Puisque je te dis que tu m'as interrompue au milieu de ma tirade.

Arlequin. – Puisque je te dis, moi, que c'était mon tour de donner ma réplique.

Colombine. – Pour cela, tu pouvais bien attendre que j'aie terminé mon monologue. Non, la vérité, c'est que tu es jaloux de ma faculté à improviser. Tu crains par trop que mon grand talent ne te fasse de l'ombre. Et, chaque fois qu'emportée sur les ailes de Thalie[1] je m'élève au-dessus de toi dans une belle envolée comique, tu t'empresses de me couper.

ARLEQUIN. – Fi ! La vérité, c'est que tu es une petite comédienne prétentieuse qui redoute la rivalité sur scène. Pour ôter au partenaire plus doué que toi – moi, par exemple – la possibilité de se faire admirer du public, tu t'ingénies à monopoliser la parole. Tu es comme la chienne qui ne veut plus lâcher l'os dans lequel elle a mordu.

COLOMBINE. – Toi, comme le chat sauvage qui veut croquer la mésange pour l'empêcher de chanter.

ARLEQUIN. – Bougre d'ânesse qui pense galoper aussi vite que le cheval !

COLOMBINE. – Misérable ver luisant qui s'imagine briller aussi fort que l'étoile !

ARLEQUIN. – Tais-toi, friponne !

COLOMBINE. – Silence, maraud !

ARLEQUIN. – Que la vanité te foudroie !

COLOMBINE. – Que la médiocrité t'étouffe !

Ils s'apprêtent à en venir aux mains.

1. Thalie est la muse antique de la comédie.

SCÈNE II

LES MÊMES, GOLDONI.

GOLDONI. – Holà ! Colombine ! Arlequin ! Qu'est-ce donc que cette dispute ? Quel est le motif qui vous oppose aussi vivement ?

COLOMBINE. – Un motif bien ridicule vraiment, sieur Goldoni.

ARLEQUIN. – Il s'agit de la répétition de tantôt[1], sieur Maestro.

GOLDONI. – Et quoi, la répétition ?

COLOMBINE. – Arlequin m'a grossièrement interrompue dans ma tirade de l'acte II.

ARLEQUIN. – Moi je prétends que Colombine refusait de me céder la parole pour ma grande scène d'improvisation.

GOLDONI. – Vous êtes deux étourdis l'un et l'autre et je ne sais pourquoi je m'encombre de comédiens tels que vous. Ne vous ai-je pas, cent fois déjà, exposé les tenants et les aboutissants de ma réforme ?

Colombine et Arlequin hochent piteusement du chef.

GOLDONI. – Ne vous ai-je pas expliqué qu'il est temps pour le théâtre italien de tourner la

1. Tantôt signifie ici « peu avant dans la journée ».

page de la commedia dell'arte ? Depuis trop longtemps vous autres, Colombine et Arlequin, Pantalon, Pulcinella, Brighella et Truffaldino, hantez nos scènes avec les mêmes pitreries et abreuvez l'auditoire des mêmes mauvaises blagues. Le public s'ennuie de voir toujours les mêmes choses, d'entendre les mêmes mots et les auditeurs savent ce que vous allez dire avant que vous n'ouvriez la bouche[1]. Je veux réformer le théâtre ! Je veux passer de la commedia dell'arte à la comédie de caractères ! Je veux des acteurs qui récitent à visage découvert et non pas des acteurs qui jouent…

COLOMBINE. – … avec un masque.

GOLDONI. – Je veux des dialogues entièrement écrits par l'auteur et non pas des dialogues improvisés…

ARLEQUIN. – … par les comédiens.

GOLDONI. – Précisément. C'est pourquoi aujourd'hui, mardi gras, une des dernières soirées de carnaval, je vous prierai de m'épargner les monologues inventés et de vous en tenir aux répliques par moi rédigées. Or, si j'en juge par la répétition de ce matin, vous êtes loin de savoir votre texte sur le bout des doigts. À votre place, je prendrais un moment pour le repasser.

1. D'après *Le Théâtre comique* de Carlo Goldoni, où il explique les principes de sa réforme du théâtre italien.

À chacun des deux acteurs, Goldoni tend une liasse de feuillets. Sans mot dire, ils vont s'installer, Arlequin sur les marches du théâtre, Colombine au bord du canal, pour réviser leur texte.

SCÈNE III

LES MÊMES, MEDEBACH.

Arrive Medebach, le directeur de la troupe. Il passe devant l'un puis l'autre des comédiens qui le saluent.

COLOMBINE. – Sieur Medebach !
ARLEQUIN. – Sieur Impresario !

Il les salue en retour d'un geste de la main et se tourne vers Goldoni.

MEDEBACH. – Hé, Carlo ! La répétition du matin t'a-t-elle donné satisfaction ? Le spectacle de ce soir s'annonce-t-il comme un succès ?
GOLDONI. – J'ai bon espoir.
MEDEBACH. – Jamais une pièce n'a aussi bien porté son nom : *Les Cancans*[1]. On en cancane et en caquette par toute la ville. En

1. D'après *Le Théâtre comique.*

chemin, j'ai fait une halte au café et, à la table voisine de la mienne, j'ai entendu qu'on discutait de la façon dont l'inspiration t'est venue pour cette comédie-là. Un individu des plus pittoresques que tu aurais croisé place Saint-Marc, dit-on.

GOLDONI. – Rien n'est plus vrai. C'était il y a dix jours de cela, l'avant-dernier dimanche pour être précis. Je n'avais pas osé te l'avouer, mais je n'avais pas encore écrit une ligne, ni encore rien imaginé. Je suis sorti de chez moi et suis allé place Saint-Marc me distraire et regarder si quelques masques, ou quelques bateleurs, ne me fourniraient pas un thème pour mardi gras. Et là, sous l'arcade de l'Horloge, j'ai rencontré un homme qui m'a tout d'un coup saisi. C'est un vieil Arménien, mal vêtu, fort sale, et avec une barbe longue, qui court les rues de Venise et vend des fruits secs de son pays. On l'appelle Abagigi. On le rencontre partout. Il est si connu et si méprisé que, si on veut moquer une fille à marier, on lui propose Abagigi pour époux. Il ne m'en fallait pas davantage. Je suis rentré chez moi content, je me suis enfermé dans mon cabinet et j'ai imaginé *Les Cancans*[1].

1. D'après *Mémoires* de Carlo Goldoni, 2e partie, chapitre XI.

MEDEBACH. – Bravo ! Je reconnais bien là ta façon de procéder. Choisir un trait de caractère de nos contemporains et broder autour une comédie très pertinente.

GOLDONI. – Cette façon va dans le sens de ma réforme. Je préfère m'intéresser à des personnages copiés sur la vie quotidienne plutôt qu'aux masques stéréotypés de la commedia dell'arte. Après tout, le grand Molière ne faisait pas autrement. Dans son *Avare*, il peint un grippe-sou, dans son *Malade imaginaire*, un hypocondriaque, et dans son *Dom Juan*, un coureur de jupons.

MEDEBACH, riant. – Et toi, parmi les comédies que la troupe a données cette saison, tu nous as proposé le portrait d'un hâbleur impénitent dans *Le Menteur*, d'un vil adulateur dans *Le Flatteur*, d'un fanatique de casino dans *Le Joueur*, d'un…

GOLDONI. – Ne t'évertue point à énumérer tous les textes que j'ai composés pour toi et ta troupe cette année. Ta salive se tarirait, car il n'y en a pas moins de quinze, seize même avec *Les Cancans* de ce soir.

MEDEBACH. – En une seule année, seize pièces en trois actes de deux heures et demie chacune ; quel exploit, Carlo, quel exploit !

GOLDONI. – Il fallait bien cela pour attirer le public de Venise et sauver ta compagnie de la faillite.

MEDEBACH. – Certes, les affaires s'annonçaient mal l'an passé. Notre acteur vedette s'était fait offrir un pont d'or par le roi de Pologne, et personne ne se révélait à la hauteur pour le remplacer… Les spectateurs avaient quelques raisons de nous bouder. Mais ton « défi des seize pièces » a fait l'effet d'un coup de tonnerre. Une semaine plus tard, toutes les loges étaient louées pour la nouvelle saison théâtrale.

GOLDONI. – Je peux te l'avouer à présent : je n'avais alors pas un seul sujet de comédie en tête.

MEDEBACH. – Cela ne t'a pas empêché de tenir ta promesse puisque avec *Les Cancans* d'aujourd'hui tu as rempli ton contrat de seize livrets inédits.

Arlequin, qui n'a pas écouté la conversation, plongé qu'il était dans la révision de son texte, se lève, abandonne les marches sur lesquelles il s'était installé et s'approche des deux hommes.

ARLEQUIN, *à Goldoni.* – Sieur Maestro, je crois bien que j'ai mémorisé vos dialogues à la virgule près. La vilaine Colombine ne pourra pas me reprocher ce soir de tirer la couverture à moi en ajoutant des tirades de ma composition. *À Medebach.* – Sieur Impresario, c'est aujourd'hui mardi gras. Le carnaval se termine dans deux jours[1] et je voudrais me divertir un peu. Serait-il possible d'emprunter un habit et une perruque de gentilhomme parmi nos costumes de théâtre ? Il est plus amusant de prendre part déguisé aux festivités.

MEDEBACH. – Je t'accorde cette fantaisie, Arlequin, mais que le carnaval ne t'étourdisse pas trop. N'oublie point que ce soir a lieu la première des *Cancans.*

GOLDONI. – Et que je souhaite revoir avec vous quelques scènes avant le lever du rideau. Je veux la troupe au grand complet au plus tard à cinq heures de l'après-midi.

ARLEQUIN. – Cinq heures sans faute, sieur Maestro. Merci pour le costume, sieur Impresario.

Arlequin disparaît à l'intérieur du théâtre. Les deux hommes reprennent leur conversation.

MEDEBACH. – La rumeur est telle dans la ville au sujet de ta nouvelle pièce que le prix des loges est monté du triple ou du quadruple.

1. À Venise, à la différence d'autres villes, le carnaval finissait non pas le mardi mais le jeudi gras.

GOLDONI. – Eh bien, avec cinq niveaux de balcons à trente loges chacun, cela te fera une belle recette.

MEDEBACH. – Sans parler des deux cent cinquante places du parterre !

Arlequin sort alors du théâtre déguisé en gentilhomme. Il plaque une bauta[1] *sur son visage et disparaît côté jardin. Colombine, qui est toujours près du canal côté cour à répéter son texte, ne le voit pas partir.*

MEDEBACH. – C'est une bonne petite salle que celle de Sant'Angelo et je ne regrette pas de l'avoir louée pour plusieurs années.

GOLDONI. – De tous les théâtres de Venise[2], il est sans doute mon préféré. J'ai toujours apprécié les balcons en U, à l'italienne comme disent les Français. C'est, à mon sens, la meilleure disposition qu'on puisse proposer au public. Pour les acteurs aussi, le lieu offre des avantages. La scène n'est point trop vaste. Les acteurs s'y sentent à l'aise.

À cet instant, Colombine quitte le bord du canal où elle repassait son texte et s'approche des deux hommes. Elle brandit la liasse de feuillets des Cancans.

1. Masque blanc de carnaval qui recouvre presque tout le visage de celui ou celle qui le porte.

2. Il y avait sept théâtres permanents à Venise au milieu du XVIIIe siècle.

COLOMBINE. – Sieur Goldoni, voilà chose faite. Je pense avoir appris mes répliques au soupir près. Cette crapule d'Arlequin ne pourra pas me blâmer de jouer la prima donna en improvisant un aparté de trop. *À Medebach.* – Sieur Medebach, me serait-il possible d'emprunter l'un de nos costumes de marquise pour l'après-midi ? Le carnaval n'est jamais aussi drôle que lorsqu'on y participe déguisé.

MEDEBACH. – Je te passe ce caprice, Colombine. Mais ne manque pas d'être revenue pour l'heure de la dernière répétition.

GOLDONI. – À savoir cinq heures au clocher de San Samuele.

COLOMBINE. – Cinq heures précises, sieur Goldoni. Un grand merci de la marquise, sieur Medebach.

Colombine s'éclipse à l'intérieur du théâtre. Goldoni se tourne vers Medebach, un sourire aux lèvres.

GOLDONI. – Colombine en marquise et Arlequin en gentilhomme, tous deux travestis parmi la foule du carnaval. Je paierais cher ma place pour assister au spectacle de leur rencontre à ces deux-là, si jamais elle a lieu !

Acte II

Scène I

Arlequin, Toffolo, une vendeuse de polenta.

Un campiello du sestiere di San Marco. Un café et ses tables en terrasse occupent le côté jardin de la scène. Côté cour : une église. Dans le fond, un funambule a tendu un fil entre deux balcons et danse dessus avec la légèreté d'un papillon. Une foule bigarrée et costumée passe sur le campiello : diables avec leurs tridents, rois avec leurs couronnes, faux ours avec leurs chaînes, fous avec leurs clochettes, amazones avec leurs arcs, Maures avec leurs turbans, mais aussi mercières avec leurs dentelles, oiseleurs avec leurs cages, fleuristes avec leurs bouquets. Nombreux sont les passants qui portent le costume vénitien traditionnel : longue cape noire, tricorne sombre et bauta blanche.

Entre Arlequin déguisé en gentilhomme. Il s'assied à une table du café. Toffolo arrive pour prendre commande.

ARLEQUIN, *qui parle en imitant l'accent français.* – Un chocolat, s'il vous plaît.

TOFFOLO. – Un chocolat pour vous servir. Votre Illustrissime est étrangère ?

ARLEQUIN, *à part.* – Toffolo ne m'a pas reconnu bien que je fréquente quotidiennement son établissement ! Il me donne de l'Illustrissime ! *À Toffolo avec l'accent français.* – En effet, j'arrive de Paris pour visiter Venise. Un mien ami m'a conseillé la période du carnaval qui, m'a-t-il dit, dure six mois dans votre ville.

TOFFOLO. – Si vous le permettez, je dirais que l'ami de Votre Seigneurie a exagéré. En vérité, nous avons chaque année trois saisons de réjouissances : du début octobre à la mi-novembre, puis la période précédant le carême, et enfin les deux semaines de l'Ascension. Votre Illustrissime est arrivée au bon moment, pour la fête des jours gras. Jeudi, surtout, sera le moment culminant du carnaval.

ARLEQUIN, *à part.* – Le voilà qui recommence avec son Illustrissime. Continuons à jouer les étrangers. *À Toffolo.* – Quels seront donc les divertissements organisés pour l'occasion ?

TOFFOLO. – Ma foi, vous pourrez assister à la chasse officielle dans la cour du palais des Doges. Les bouchers mettent à mort un taureau et en offrent la viande aux sénateurs. Si Votre Seigneurie préfère la musique au sang, elle aura la possibilité d'entendre la messe chantée solennellement dans la basilique Saint-Marc. Mais l'attraction qui me plaît le plus, c'est la grande machine de feux d'artifice qu'on enflamme sur la Piazzetta au son d'un orchestre, le soir, à la nuit tombée. Une véritable féerie.

Une vendeuse de polenta traverse le campiello, sa marmite de bouillie sous le bras.

VENDEUSE DE POLENTA. – Qui veut de la polenta ? De la bonne polenta de maïs bien jaune ?

ARLEQUIN. – De la polenta, non merci, mais mon chocolat, oui !

TOFFOLO. – Tout de suite, Illustrissime !

SCÈNE II

COLOMBINE, ANZOLETTA ET ARLEQUIN.

Entrent Colombine déguisée en marquise, le visage dissimulé sous un masque, et Anzoletta avec son panier de linge sous le bras. Elles s'arrê-

tent à l'avant-scène, à l'opposé de l'endroit où est assis Arlequin. Pendant ce temps, Toffolo apporte le chocolat.

COLOMBINE. – Anzoletta, ma sœur, tu n'imagines pas l'amusement que c'est d'aller travestie en grande dame.

ANZOLETTA. – Ai-je du temps pour batifoler, moi ? Le travail m'attend ! Mon linge ne se blanchira pas tout seul. Avec l'affluence des visiteurs pour le carnaval, je n'ai pas le loisir de chômer.

COLOMBINE. – Anzoletta, tu es trop sérieuse ! Tu n'imagines pas les fous rires dont tu te prives.

ANZOLETTA. – Rira bien qui rira la dernière. Je m'esclafferai tout mon saoul lorsqu'on découvrira qui se cache sous ton loup de velours et qu'on te démasquera pour ce que tu es : une simple comédienne et non pas une noble dame.

COLOMBINE. – Tu l'as dit, je suis actrice. Il n'y a donc pas de raison pour que je joue de façon moins convaincante les marquises dans la vie que sur scène.

ANZOLETTA. – Nous allons vérifier cela. Vois-tu ce chevalier assis à une table du café de Toffolo ?

COLOMBINE. – Celui qui boit du chocolat ?

ANZOLETTA. – Celui-là même. Je te mets au défi de l'aborder et de l'entretenir sans qu'il devine ta vraie nature.

COLOMBINE. – Ton défi pique mon orgueil de comédienne. J'accepte !

SCÈNE III

ARLEQUIN, COLOMBINE, TOFFOLO, LONGHI.

Tandis qu'Anzoletta se dissimule parmi la foule qui admire le funambule pour assister de loin à la scène qui va suivre, Colombine s'approche du café et prend place à une table voisine de celle d'Arlequin. Elle lance une œillade à Arlequin qui l'observe avec plaisir en retour. Toffolo vient prendre la commande.

TOFFOLO. – Ma dame ?

COLOMBINE. – Un verre de prosecco, Toff… je veux dire : aubergiste.

TOFFOLO. – Un verre de prosecco, tout de suite, ma dame.

Toffolo disparaît dans sa boutique. Le jeu des regards recommence entre Colombine et Arlequin. S'y ajoutent bientôt des sourires. Toffolo réapparaît avec le prosecco qu'il pose devant Colombine.

TOFFOLO. – Au service de ma dame.

Il s'apprête à s'en retourner lorsque Arlequin le hèle.

TOFFOLO. – Votre Seigneurie désire ?

ARLEQUIN, *parlant bas.* – Dis-moi, cafetier, connais-tu la personne que tu viens de servir ?

TOFFOLO, *même jeu.* – Non point. Elle n'est pas de mes clientes habituelles. On devine qu'il s'agit d'une dame de qualité.

ARLEQUIN, *toujours bas.* – Certes. Lui demanderais-tu de ma part si je puis m'asseoir à sa table ?

TOFFOLO. – Tout de suite, Illustrissime.

Toffolo s'approche de Colombine et se penche vers elle pour lui parler. Elle acquiesce à ce qu'il lui dit. Toffolo rapporte le message à Arlequin qui se lève et rejoint Colombine.

ARLEQUIN. – Ma dame, je vous remercie à genoux de l'honneur que vous me faites de m'accepter auprès de vous. J'ai rarement eu l'avantage de partager la table d'une nobil'donna si pleine de grâce et d'élégance.

COLOMBINE. – Monsieur, sachez que tout l'honneur est pour moi. Je reconnais à votre accent que vous êtes français. Il m'a rarement été octroyé la chance de bavarder avec un gentilhomme à la mise et aux manières aussi raffinées que les vôtres.

Arlequin s'incline vers Colombine et lui fait un baisemain.

ARLEQUIN. – Ma dame, a-t-on jamais effleuré peau plus blanche et plus douce ?

COLOMBINE. – Pas si douce que la caresse de vos lèvres, monsieur. *À part.* – J'espère que ma sœur ne manque rien de tout cela. Non seulement cet étranger s'est laissé prendre à mon travestissement, mais encore il ne semble pas insensible à mes atours.

ARLEQUIN, *à part.* – Cette femme est des plus avenantes. Elle ne devine rien de mon véritable état. Ne la détrompons surtout pas. L'aventure est trop galante ! *À Colombine.* – Je séjourne à Venise pour découvrir les multiples plaisirs de votre carnaval.

COLOMBINE. – Ah ! L'on ne s'ennuie pas en cette saison dans notre Sérénissime. Tant de divertissements s'offrent au visiteur. Avez-vous vu, monsieur, le vol du Turc sur la Piazzetta ?

ARLEQUIN. – Bien s… le vol du Turc, dites-vous ? Qu'est-ce donc que cela ?

COLOMBINE. – Un saut de la mort en quelque sorte. Sur un fil tendu entre le sommet du campanile et le palais des Doges, des intrépides se laissent dégringoler, exécutant mille acrobaties. Le jeu peut se révéler dangereux. Il est arrivé par le passé qu'un participant perde le contrôle pendant sa glissade et se retrouve empalé sur les décorations de la façade.

ARLEQUIN. – Diantre !

COLOMBINE. – Les Forces d'Hercule aussi peuvent mal finir.

ARLEQUIN. – Évid... c'est-à-dire... les Forces d'Hercule ? De quoi s'agit-il ?

COLOMBINE. – De pyramides humaines. Les ouvriers de Castello et de Dorsoduro s'opposent à ce jeu-là. Les uns sont debout sur les épaules des autres, les autres en équilibre sur le crâne des uns. Le camp qui parvient à édifier l'échafaudage de corps le plus haut et le plus complexe l'emporte, mais gare à qui tremble ou vacille. Par sa faute, l'entière pyramide peut s'écrouler de toute sa hauteur.

ARLEQUIN. – Mazette !

Arrive le peintre Longhi. Il porte une toile sous le bras. Il la pose contre les pieds de la table à laquelle il s'installe. Il entreprend de débarbouiller ses doigts de la peinture qui les tache. Arlequin et Colombine jettent un œil à son tableau. Le public aussi peut le voir. Il représente un rhinocéros[1].

1. *Le Rhinocéros* de Pietro Longhi est exposé au musée de la Ca'Rezzonico.

COLOMBINE. – Ma foi, voilà un étrange animal.

ARLEQUIN. – On le nomme rhinocéros, si je ne me trompe.

COLOMBINE. – Je n'en ai jamais vu de toute mon existence.

ARLEQUIN. – Ni moi non plus.

Longhi, qui vient de passer commande à Toffolo, a entendu les propos tenus à la table de Colombine et Arlequin.

LONGHI. – Sans le vouloir, j'ai surpris des bribes de votre conversation et je me permets de vous aborder pour vous dire qu'on peut voir ces jours-ci à Venise le rhinocéros que je viens de peindre. Il a été ramené d'Asie par un certain capitaine Der Mager. Ce dernier a dressé une guérite sur le campo Santa Maria Formosa et y exhibe l'animal. Si de votre vie vous n'avez croisé un rhinocéros en chair et en corne, l'occasion est trop belle pour ne pas être saisie.

COLOMBINE. – Mille mercis du conseil, monsieur le peintre.

ARLEQUIN. – Nous empresserons-nous de le suivre, belle marquise ?

COLOMBINE. – Sans tarder.

ARLEQUIN. – En route pour la savane vénitienne !

Ils se lèvent. Arlequin propose son bras à Colombine qui le prend. Au moment où ils quittent ensemble le campiello, elle se retourne et adresse un clin d'œil à Anzoletta qui n'a rien perdu de l'entière scène.

SCÈNE IV

TOFFOLO, ANZOLETTA, LONGHI.

Anzoletta s'extrait de la foule des badauds et vient se planter devant le café au moment où Toffolo apporte à Longhi sa consommation.

ANZOLETTA, *lui sautant au cou.* – Toffolo, mon fiancé !

TOFFOLO, *l'enlaçant tendrement.* – Anzoletta, ma promise ! Quel bon vent t'amène dans les parages de mon café ?

ANZOLETTA. – Je suis sortie porter à des clients leur linge lavé et repassé. J'en ai profité pour faire un brin de causette avec ma sœur ; je l'ai rencontrée en chemin.

TOFFOLO. – Colombine ? Elle joue dans la nouvelle pièce de monsieur Goldoni qui se donne ce soir au théâtre Sant'Angelo, n'est-ce pas ? Comment se porte-t-elle ? Il y a longtemps que je ne l'ai croisée.

ANZOLETTA. – Moins longtemps que tu ne le penses, mon Toffolo. Elle était assise sur cette chaise il y a une minute à peine.

TOFFOLO. – Sur cette chaise ? Colombine ?

ANZOLETTA. – Tu ne l'as pas reconnue et pourtant, c'était bien ma sœur qui se tenait là travestie en marquise.

TOFFOLO. – En marquise ? Colombine ?

ANZOLETTA. – Ah ça, Toffolo, vas-tu t'obstiner à répéter ce que je dis comme un perroquet !

TOFFOLO. – Par ma foi, je m'y suis laissé prendre. Quelle coquine ! Elle mériterait que je lui joue en échange un tour de ma façon.

ANZOLETTA. – Songe plutôt à servir tes clients comme je vais à présent livrer leur linge aux miens. Au revoir, mon cher !

TOFFOLO. – À bientôt, ma mie !

Anzoletta s'en va, son panier à la main.

LONGHI, à part. – Je ferais volontiers le portrait de cette lingère. Espérons qu'elle acceptera de me servir de modèle[1].

Longhi part à la poursuite d'Anzoletta avec son tableau sous le bras. Toffolo reste seul.

1. *Les Lavandières* de Pietro Longhi est exposé au musée de la Ca'Rezzonico à Venise.

TOFFOLO. – Colombine, petite masque ! M'avoir trompé de la sorte ! Tu mérites que je te tende un piège.

SCÈNE V

TOFFOLO, ARLEQUIN, COLOMBINE, UNE FLEURISTE.

Arlequin et Colombine reviennent sur le campiello. Ils sont au bras l'un de l'autre et rient de concert. Une marchande de fleurs les dépasse. Arlequin la retient par la manche.

ARLEQUIN. – Halte-là ! Laisse-moi le temps de t'acheter un bouquet pour ma dame.

Contre une pièce de monnaie, la fleuriste lui tend des fleurs et s'éclipse.

COLOMBINE. – Monsieur, vous me gâtez. Je ne mérite pas tant de présents. Déjà tout à l'heure ce magnifique mouchoir en dentelle, et maintenant ces fleurs au doux parfum.

ARLEQUIN. – Rien n'est trop beau pour des yeux comme les vôtres. *À part.* – Je dois l'avouer, cette femme m'a envoûté. Je l'aime. Je redoute le moment où elle découvrira que je suis un simple comédien. *À Colombine.* – De plus, vous m'avez comblé avec une fiole d'eau de mélisse dont je ne me séparerai jamais.

COLOMBINE. – Une bagatelle qui n'est pas digne de votre noblesse. *À part.* – Je tremble que le chevalier ne devine mon état d'actrice. Ah, si je pouvais garder ce costume à jamais et passer à ses côtés le restant de mes jours… Je l'adore.

Toffolo sort de sa boutique et s'approche du couple énamouré.

TOFFOLO, *à part.* – Revoilà la fausse marquise et son sigisbée[1] de Français. Colombine, attention au piège que je vais te tendre. *À Arlequin et Colombine.* – Vos Seigneuries ont-elles bien profité des divertissements du carnaval ?

ARLEQUIN. – Et comment ! Ma dame m'a obligeamment conduit du rhinocéros d'Asie au montreur de marmottes, du négociant de potions à l'arracheur de dents, du marchand de beignets au vendeur de citrons…

COLOMBINE. – … de l'astrologue avec ses prédictions énigmatiques…

ARLEQUIN. – … au bonimenteur avec ses devinettes singulières…

COLOMBINE. – … et du danseur de corde…

ARLEQUIN. – … au théâtre de marionnettes.

TOFFOLO. – À propos de théâtre, avez-

1. Chevalier servant.

vous ouï parler de la pièce qui se donne ce soir au théâtre Sant'Angelo ? Elle s'intitule *Les Cancans*. On murmure partout qu'il ne faut la manquer à aucun prix.

À la mention de la pièce de Goldoni, Arlequin et Colombine ont tous deux tressailli.

COLOMBINE, *bégayant*. – *Les Can... Les Cancans* ? Jamais entendu citer...

ARLEQUIN, *bafouillant*. – Le... le théâtre Sant'Angelo ? J'ignore où cela se trouve...

TOFFOLO. – *Les Cancans* au Sant'Angelo, vous dis-je. S'y rendre est fort aisé. Il se trouve à mi-chemin entre Santo Stefano et San Samuele. Je recommande très vivement à Vos Seigneuries de louer une loge pour la représentation de ce soir. *À part*. – Voyons comment Colombine se débrouille pour être à la fois au four et au moulin.

COLOMBINE, *à part*. – Patatras ! Ce que suggère ce cafetier de malheur est parfaitement impossible. Je dois imaginer une échappatoire. *Haut*. – À vrai dire... j'avais l'intention d'assister à l'immolation et aux funérailles du bonhomme carnaval.

ARLEQUIN, *à part*. – Au secours ! Je conçois mal comment je pourrais me trouver en même temps dans une loge et sur scène. Il me faut inventer une excuse. *Haut.* – C'est-à-dire que… je pensais aller tenter la chance au Ridotto[1].

À ce moment, cinq heures sonnent au clocher du campiello.

COLOMBINE, *à part.* – Cinq heures ! Je vais arriver en retard à la répétition. Je dois prendre congé du chevalier dans l'instant, mais mon âme se déchire quand je pense que je ne le reverrai jamais. Que faire ?

ARLEQUIN, *à part.* – Cinq heures ! Le maestro va m'étriper si je ne file pas illico presto au théâtre. Je dois me résoudre à quitter ici cette ravissante nobil'donna, mais mon cœur saigne à l'idée de l'abandonner pour toujours. Qu'envisager ?

ARLEQUIN et COLOMBINE, *ensemble.* – On m'attend. Mais j'espère vous croiser au Sant'Angelo tout à l'heure. Et si vous ne me voyez pas dans la salle pendant le spectacle, vous me retrouverez assurément à la sortie du théâtre après la pièce. À ce soir !

Ils ont prononcé la réplique en chœur et se sont enfuis, Colombine côté cour et Arlequin côté jardin, avec la même hâte.

1. Le Ridotto était une salle de jeux, en quelque sorte un casino.

Acte III

Scène I

Arlequin, Colombine, un gondolier.

Même décor que pour l'acte I, mais la nuit est tombée. Un gondolier attend ses maîtres dans son embarcation. De l'intérieur du théâtre s'élève une formidable salve d'applaudissements agrémentée de « Hourra », « Bravi » et « Viva Goldoni ». Colombine paraît dans son costume de scène. Elle scrute le campo baigné d'obscurité.

Colombine. – Ouf ! Mon chevalier n'est pas encore arrivé. Je vais avoir le temps de me débarrasser de mon costume de scène et de revêtir la robe de marquise avant de le rejoindre. Par prudence, cependant, vérifions qu'il n'attend pas à l'arrière du théâtre.

Tandis qu'elle s'éloigne, Arlequin, en habit de scène lui aussi, déboule à son tour. Il jette un coup d'œil aux environs.

ARLEQUIN. – Ma nobil'donna accuse un léger retard. Tant mieux. Je vais pouvoir sauter dans mes habits de gentilhomme avant de la retrouver. Mais mieux vaut s'assurer qu'elle n'est pas déjà passée. Holà, gondolier ! As-tu aperçu la silhouette d'une gracieuse personne tantôt devant le théâtre ?

GONDOLIER. – Personne.

ARLEQUIN. – Fort bien. C'est donc qu'elle n'est pas encore parue.

Tandis qu'Arlequin remercie le gondolier d'un geste de la main, Colombine revient de l'arrière du théâtre. Chacun d'eux marche à reculons vers l'entrée du théâtre.

COLOMBINE. – Parfait, il ne s'est pas déjà montré.

Les deux comédiens ne se sont pas vus et se percutent violemment. Déséquilibrés, ils se retrouvent par terre. Effrayés l'un par l'autre, ils commencent à se battre.

COLOMBINE. – À moi, on m'agresse !

ARLEQUIN. – Au secours, on m'assassine !

COLOMBINE. – Cette voix... Arlequin ?

ARLEQUIN. – Est-ce toi, Colombine ?

COLOMBINE. – Bougre d'idiot, tu m'as fait peur !

ARLEQUIN. – Triple bécasse, tu m'as fait mal !

COLOMBINE. – Animal imbécile !

ARLEQUIN. – Stupide femelle !

COLOMBINE. – À cause de toi, mon mouchoir en dentelle s'est déchiré !

ARLEQUIN. – Par ta faute, ma bouteille de mélisse s'est brisée !

COLOMBINE. – Ta bouteille de mélisse ?

ARLEQUIN. – Ton mouchoir en dentelle ?

SCÈNE II

ARLEQUIN, COLOMBINE, GOLDONI.

Des spectateurs commencent à sortir du théâtre. Tous ont l'air ravi. Un couple de la noblesse embarque sur la gondole qui les attendait et qui s'éloigne. Arlequin et Colombine sont toujours par terre, sidérés.

COLOMBINE. – Je n'ose y croire.

ARLEQUIN. – J'ai peur de cauchemarder.

COLOMBINE. – Toi, le gentilhomme de France ?

ARLEQUIN. – Toi, la dame au loup de velours ?

COLOMBINE. – Toi, mon chevalier d'amour ?

ARLEQUIN. – Toi, la marquise de mon cœur ?

À ce moment précis sort Goldoni qui découvre ses deux comédiens effondrés. Il a entendu la fin de leur conversation et éclate joyeusement de rire.

GOLDONI. – L'heureux dénouement ! Lorsque, ce midi, vous avez emprunté, en cachette l'un de l'autre, un costume pour carnaval, j'ai prié que vos destins se croisent dans la foule en liesse de Venise. Je me suis dit : s'il l'aperçoit, Arlequin n'identifiera pas Colombine, mais il reconnaîtra celle qu'il aime. Et de la même façon, si elle le rencontre, Colombine ne remettra pas Arlequin, mais elle reconnaîtra celui qu'elle chérit. Car depuis que je travaille avec vous dans la troupe, je vous observe vous chamailler sans trêve alors que l'évidence s'impose : vous êtes amoureux l'un de l'autre ! Parfois la passion a besoin de tomber dans une embuscade pour se dévoiler. Cette embuscade, vous vous l'êtes mutuellement tendue aujourd'hui. Béni soit le carnaval qui a permis cela.

Au public. – À vous j'avouerai une dernière chose. Je regrette presque d'avoir achevé ce soir ma mission et terminé les seize pièces promises aux Vénitiens. La délicieuse aventure de Colombine et Arlequin aurait pu m'inspirer une plaisante comédie !

RIDEAU

L'EXPATRIÉ

En 1760, le plus célèbre auteur dramatique italien s'appelle Carlo Goldoni. Nombre de ses pièces ont été jouées : *La Locandiera, Serva Amorosa, Le Campiello, Les Rustres*... Mais, malgré son succès, Goldoni vit dans une situation financière précaire et il sollicite une pension auprès de ses protecteurs. Comme il ne l'obtient pas, il accepte l'invitation de la Comédie-Italienne de venir travailler à Paris.

Peu de temps avant son départ de Venise, la soirée du mardi gras de 1761, il donne une pièce, *Un des derniers soirs de carnaval*, où il fait ses adieux à son public. La pièce est un succès, la salle retentit d'applaudissements, on lui crie : « Bon voyage, revenez ! N'y manquez pas ! »

Mais Goldoni ne reviendra pas à Venise, il passera ses trente dernières années en France. Il y donne quelques comédies et obtient le poste de maître d'italien auprès des filles de Louis XV puis des sœurs de Louis XVI. La petite pension de cour qui lui a été attribuée est supprimée.

Goldoni achève sa vie dans la misère. Sa pension est rétablie le 7 février 1793. Ironie du sort, Goldoni est mort la veille.

Aujourd'hui, un théâtre de Venise porte son nom.

LES STARS
DU LIDO
1932

21 août 1932

Salut cher journal,

Dio mio, quelle agitation... Un grand festival de cinéma commence aujourd'hui. Maman dit que c'est une chance, parce qu'il a lieu juste à côté de chez nous, ici, au Lido. Il y aura beaucoup de films à voir. Même la radio en parle. Tous les journaux aussi. C'est la première fois qu'un festival international est consacré au cinéma. La ville est décorée de fleurs. Les murs sont tapissés d'affiches de films. La municipalité a repeint les lampadaires. Le parc Garibaldi a été transformé en cinéma de plein air et le Grand Hôtel *Excelsior* a fait peau neuve. J'ai lu dans le *Gazzettino*[1] que les acteurs y seront accueillis. L'hôtel a été astiqué de fond en comble, les pelouses de devant ont été tondues de près, les stores et les parasols sont tout neufs. Maman m'a demandé de rester plus long-

1. Titre de la presse quotidienne.

temps à la parfumerie aujourd'hui. Il y avait foule. Les clients faisaient la queue à la caisse. La patronne ne savait plus où donner de la tête. Elle m'a fait faire des paquets avec le fil doré réservé pour la période de Noël.

– Costanza, ce sont des clients étrangers, il faut les soigner, m'a-t-elle expliqué.

Il y avait des femmes très chic qui venaient faire leurs achats de produits de beauté ; des laques pour les cheveux, des vernis à ongles, des pommades de nuit, des crèmes de jour et des parfums aux noms extravagants : *L'Attrape-cœur, Floréale, Étoile de jour.* La patronne disait être en rupture de stock ; en fait, elle ne les connaissait même pas ! Une cliente est venue avec une liste impressionnante de produits. Je crois que c'était l'Américaine Joan Crawford que j'ai vue dans un magazine il y a quelques jours. Elle est restée très longtemps parce qu'elle ne parlait pas italien. Au magasin, personne ne parle anglais. C'était toute une histoire... Plus tard, c'est une Russe qui est arrivée. Elle portait un pantalon et une chemise rouge à rayures noires et elle avait des cheveux coupés très court. Il a fallu lui faire sentir presque tous les parfums de la boutique... Ça n'en finissait pas ! Et encore celui-là, et puis un autre et celui qui est en vitrine dans le flacon carré. Tout ça pour repartir les mains vides ! À deux heures, la patronne a dit qu'elle avait mal à la tête, qu'il était l'heure de déjeuner et de faire la sieste et on a baissé le rideau.

Il faisait très chaud. Si chaud que je n'ai presque rien mangé. En fin d'après-midi, mon amie Anna est venue me chercher pour aller à la plage. En chemin, nous nous sommes arrêtées chez le glacier. Avec ce que je gagne au magasin, on a pu s'offrir des boules sabayon et praline, nos parfums préférés ! En passant devant le collège, on a vu la date de la rentrée affichée sur la porte : 1er septembre. Plus que dix jours de vacances…

24 août 1932

Nous avons reçu une lettre de papa, il espère pouvoir revenir à Noël. Mais il écrivait la même chose l'année dernière et il n'a pas pu venir. Il dit qu'il travaille beaucoup, tous les jours, et que goudronner les rues est encore plus pénible l'été que l'hiver parce qu'il fait très chaud. Son patron est très strict, il doit s'accrocher car tout le monde cherche du travail. Son oncle Maurizio, qui est à New York depuis plus de vingt ans, a perdu son travail et n'en trouve pas. Et dire que c'est Maurizio qui a poussé papa à émigrer[1] ! Il faut reconnaître qu'il y a quatre ans, quand nous sommes arrivés de Fardella[2], mes parents n'ont pas trouvé de travail à Venise. Alors, mon père a sans doute bien fait de partir... Dans sa lettre, il écrit que New York est une ville incroyable, avec des immeubles modernes, des ascenseurs qui montent tout en haut des gratte-ciel ; certains comptent soixante étages !

Maman m'a emmené voir le film américain *Amour défendu*, de Frank Capra, un réalisateur sicilien émigré aux États-Unis. On y voit des immeubles géants ! J'aurais sûrement le vertige tout là-haut, moi qui suis habituée à ma petite maison à un étage ! D'ailleurs, à part au cinéma, je n'ai jamais vu de maison à plus de quatre étages ; ici c'est le maximum. Et puis nos maisons à nous sont toutes colorées, avec des volets verts et bleus. Là-bas, j'ai l'impression qu'il n'y a que des immeubles grisâtres. Je ne vois qu'une seule ressemblance entre Venise et New York : la mer tout autour de la ville.

1. À la veille de la Première Guerre mondiale, un quart de la population italienne a émigré aux États-Unis.
2. Village de la province de Basilicata, au sud de l'Italie. Cette province, comme le reste du Sud de l'Italie, a toujours été beaucoup plus pauvre que les régions du Nord.

Papa dit que d'ici un an, nous aurons économisé assez d'argent pour la traversée. Mais moi, je me demande si ça me plaira, la vie américaine. Du béton partout, une langue que je ne connais pas, des embouteillages, des gangsters au coin des rues. Je n'ose pas en parler avec maman. Je sens bien que pour elle, New York c'est un rêve. Moi, cette ville géante me fait peur. Même si j'ai très envie de retrouver papa.

26 août 1932

On a eu droit à un scandale aujourd'hui à la parfumerie. Une femme très chic est entrée bruyamment dans le magasin. Elle portait une robe en mousseline rose coupée à hauteur du genou, assortie à un chapeau qui ressemblait à un bonnet de bain à fleurs ! Seule une mèche de cheveux rebiquait sous l'oreille. Elle semblait très énervée. Elle avait des plaques rouges sur le visage et j'ai pensé que c'était à cause de sa colère. Avec un fort accent français, elle a demandé à voir le directeur. Je lui ai répondu qu'il n'y avait pas de directeur, mais seulement une directrice. Elle a levé les yeux au ciel en haussant les épaules.

– Eh bien appelez-moi la directrice, je vous prie, faites-lui savoir que mademoiselle Lisette Lanvin l'attend.

Elle prétendait qu'un masque de beauté, acheté la veille, lui avait abîmé la peau.

– Ce soir, j'ai la projection officielle de *Hôtel des étudiants*, a-t-elle dit en français. Je suis l'héroïne du film, vous comprenez. De quoi aurai-je l'air !

Il n'y avait pas grand-chose à faire pour aider cette demoiselle. Finalement, elle a acheté un fond de teint. À peine avait-elle quitté la parfumerie que je me suis mise devant le comptoir et je l'ai imitée en prenant de grands airs offusqués : « Mais comment, vous ne pouvez rien faire pour moi, c'est horrible, inacceptable, je me plaindrai au directeur ». Maman et la patronne ont éclaté de rire !

27 août 1932

Anna m'a proposé d'aller voir un film de la Mostra[1] ce soir. En rentrant de la plage, je me suis arrêtée à la parfumerie pour demander la permission à maman.

1. Nom du festival international de cinéma qui se tient chaque année à Venise. Ce nom vient du verbe mostrare qui signifie montrer.

– Mais enfin, vous ne pouvez pas sortir seulement toutes les deux. Ça ne se fait pas! Vous n'avez pas deux amis qui pourraient vous accompagner?

Qui donc? Tous les garçons que je connais sont idiots. Ils n'arrêtent pas de ricaner bêtement et de se moquer de nous. Anna et moi, nous préférons rester entre nous.

– Tu n'as qu'à mentir, m'a dit Anna, ta mère n'en saura jamais rien. Et puis, ce n'est pas un gros mensonge.

Moi, je n'ose pas mentir, en même temps l'idée de maman est tellement stupide! On n'a pas besoin de garçons pour aller au cinéma!

28 août 1932

Finalement, on a demandé à Nino et à Paolo de venir avec nous. En fait, ils avaient aussi prévu d'aller voir le film. Ils sont passés nous chercher, nous sommes partis tous les quatre. Au cinéma, il n'y avait plus assez de place pour que nous restions ensemble. Ils sont partis de leur côté, et nous du nôtre.

Vraiment, ça valait la peine. *Les hommes, quels mufles !* (c'est le titre du film de Mario Camerini que nous avons vu) raconte l'histoire d'une jeune Milanaise, Mariuccia, qui tombe amoureuse de Bruno, un chauffeur de maître. Malheureusement, Mariuccia croit que Bruno ne prend pas leur relation au sérieux. Alors elle fait semblant de se laisser séduire par un autre homme. Finalement, ils se retrouvent, prouvant ainsi que leur amour est plus fort que tout. En plus, Mariuccia est vendeuse dans une parfumerie, comme moi ! Et il faut voir la parfumerie : un comptoir en marbre, des étagères qui n'en finissent pas, des lustres brillants pendus au plafond, le vrai luxe. Mais le plus incroyable dans tout ça, c'est Bruno, ou plutôt Vittorio De Sica, l'acteur principal. Non seulement il joue très bien, mais en plus, il est beau, tellement beau... Il a un regard profond et juste. Il est grand, mince. Et en même temps, il a l'air si doux, parfois fragile. Bref, j'ai succombé !

29 août 1932

Incroyable... Je l'ai vu ! En chair et en os. Il devait être à peu près onze heures. Maman était partie faire une livraison et la patronne répondait au téléphone. La clochette de la porte d'entrée a retenti. Je lisais derrière le comptoir. J'ai fermé mon livre, levé les yeux et là, qui je vois devant moi, qui me sourit ? Vittorio De Sica ! J'en avais le souffle coupé. Je ne pouvais pas prononcer un mot. J'avais la gorge sèche. Je restais immobile comme une statue. Heureusement, il a parlé le premier :

– Bonjour, je souhaiterais acheter la petite broche que j'ai vue en vitrine.

Il était encore plus beau qu'à l'écran et il avait une voix chaude et enjôleuse.

– Mais certainement monsieur, lui ai-je répondu dans un effort surhumain.

Je me suis dirigée jusqu'à la vitrine. Il me suivait de près.

– Celle-là, en forme de salamandre, elle me plaît beaucoup.

– Oui, elle est superbe, ai-je dit.

La patronne, qui avait terminé son appel, est venue me remplacer. Elle l'avait reconnu et lui a demandé si le festival n'était pas trop fatigant.

– Je vous ai vu dans *Deux cœurs heureux*[1], et puis aussi dans *Les hommes, quels*… quelque chose.

– Quels mufles, ai-je ajouté.

1. *Due cuori felici*, en version originale.

Il m'a lancé un sourire complice. Il nous a raconté que le festival avait beaucoup de succès et qu'il enchaînait interviews sur interviews. Il a ajouté que Venise et le Lido étaient des endroits magnifiques.

– De vrais petits paradis où j'espère revenir plus souvent, nous a-t-il confié.

Puis il a payé et il est sorti.

Et ce n'est pas fini. Comme d'habitude, j'ai retrouvé Anna sur la plage vers trois heures. Je lui ai raconté l'histoire et, évidemment, elle ne m'a pas crue ! Tandis que nous nous levions pour aller nous baigner, un homme est passé à côté de nous. Il me regarde et relève ses lunettes noires : c'était lui, Vittorio De Sica !

– Je vous reconnais, vous êtes la demoiselle de la parfumerie, n'est-ce pas ? Attendez, j'ai quelque chose pour vous.

Il est retourné jusqu'à sa serviette de bain, il a fouillé dans son sac de plage et il est revenu vers nous.

– Je la destinais à quelqu'un d'autre, mais maintenant, c'est trop tard. Elle m'a quitté ce midi. Elle a eu raison. Nous n'étions pas faits pour vivre ensemble. Elle aime les voitures de course et moi je déteste ça ! Je préfère les salamandres. Comme vous !

À ce moment-là, j'étais la plus heureuse sur terre. Je voulais lui sauter au cou, mais je me suis retenue. Anna ouvrait des yeux ronds comme des tomates. J'ai remercié Vittorio De Sica et je lui ai dit que je penserais à lui quand je porterais la broche.

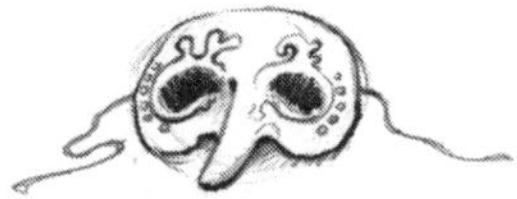

1er septembre 1932

Et voilà, c'est reparti pour un an de cours. En allant au collège, j'ai longé le bord de mer. Il pleuvait. L'horizon était gris. Les parasols et les chaises longues avaient été soigneusement rangés. Des balayeurs nettoyaient la chaussée et des employés de la ville retiraient les élégantes guirlandes d'ampoules qui couraient d'un lampadaire à l'autre. J'ai traversé le parc Garibaldi. L'estrade, l'écran, les chaises, tout a été enlevé. L'eau ruisselait des feuilles et il fallait zigzaguer entre les flaques pour ne pas se mouiller les pieds.

J'ai retrouvé les mêmes élèves, les mêmes professeurs. Heureusement, Anna était là, avec sa bonne humeur habituelle.

Toute la journée, j'ai attendu la fin des classes. Enfin, à dix-sept heures, je me suis précipitée au kiosque à journaux pour acheter *La Revue du cinéma*. Je ne me suis pas trompée; il y avait un long entretien avec Vittorio De Sica, « Le jeune premier qui a marqué la Mostra ». À la question : « Quels sont vos projets ? » il répond : « J'ai reçu une proposition pour tourner en Amérique, dans un film qui se passe à New York, au cœur du quartier de Little Italy. J'étudie la possibilité de m'installer là-bas quelque temps. À plus long terme, j'aimerais me frotter à la réalisation. Il est trop tôt pour en parler, mais j'y pense de plus en plus. Il me semble qu'il y a des mondes à explorer dans ce domaine. » Au journaliste italien qui lui demande : « Vous n'allez tout de même pas vous marier à Broadway ? », Vittorio répond : « Qu'allez-vous imaginer! Le charme, c'est en Italie qu'il se trouve. Si je pars pour les États-Unis, c'est seulement pour travailler. »

J'ai refermé mon journal. Je l'ai mis sous mon imperméable pour le protéger de la pluie. En repassant devant le Grand Hôtel *Excelsior*, je me suis arrêtée face à la mer. Tout d'un coup, j'ai réalisé que j'avais une chance inouïe d'aller à New York!

UNE AMÉRICAINE À VENISE

En 1895, une exposition internationale réservée à l'art, la Biennale, ouvre ses portes à Venise. En 1932, ce rendez-vous s'enrichit de la Mostra, consacrée au cinéma.

Mais c'est sans doute la Biennale de l'après-guerre, celle de 1948, qui restera la plus célèbre.

Les plus importants artistes contemporains y sont représentés et une New-Yorkaise, Peggy Guggenheim, expose sa collection. Le succès est immédiat.

L'année suivante, elle s'installe à Venise. Elle achète un palais du XVIIIe siècle, qu'elle fait restaurer et elle y ouvre une galerie d'art.

Au fil des pièces, Peggy Guggenheim présente une extraordinaire collection des œuvres des plus grands artistes du XXe siècle : Pablo Picasso, Salvador Dali, Max Ernst, Jackson Pollock... Dans sa chambre, elle accroche une tête de lit tout en entrelacs d'argent réalisée par Alexander Calder. Et dans son jardin paisible, elle pose des sculptures d'Alberto Giacometti, Max Ernst...

Peggy Guggenheim aimait Venise. Elle s'était fait construire une gondole ornée de têtes de lion et chaque soir, au coucher du soleil, elle parcourait le Grand Canal. « Si quelque chose peut rivaliser avec Venise en beauté, écrivit-elle, ce doit être son reflet dans le Grand Canal. »

NEPTUNE
CONTRE
VÉNUS
1966

– DELPHINE ! Delphine ! Spritz è sparita !

Je me réveille en sursaut. Les coups frappés à ma porte se fondent aux gouttes ruisselant sur le carreau. Ma correspondante vénitienne, Adriana, fait irruption dans ma chambre, catastrophée :

– Spritz è sparita ! Ma chatte, Spritz, a disparu depuis hier soir. Elle devait accoucher ces jours-ci. Pourvu qu'il ne lui soit pas arrivé quelque chose ! Il faut absolument la retrouver !

Déjà Adriana est repartie. Je l'entends qui parcourt l'appartement en appelant sa petite chatte. En vain, apparemment. Tout en m'habillant, je regarde à la fenêtre. La pluie, toujours la pluie. Elle tombe en rideau translucide depuis deux jours. Venise – qui tiendrait son nom de Vénus, née des eaux – est victime d'un Neptune furieux.

Avant-hier, jour des morts, une pluie torrentielle s'est abattue sur la lagune. Depuis, les trombes d'eau n'ont pas cessé de flageller la cité des Doges. C'est une bouée de sauvetage et non un imper que j'aurais dû apporter !

Adriana et moi avons dû renoncer à nos balades. Nous restons enfermées dans l'appartement de mes hôtes italiens au dernier étage d'un vieil immeuble de San Zaccaria. Et là, à l'abri derrière les fenêtres, nous regardons le déluge s'abattre sur la plus belle ville du monde. Comme en ce moment, où j'entends le clapotis des flots dans les rues, le hoquet d'effarement des passants surpris par la marée et les clameurs de l'épicier délogé de sa boutique par la montée des eaux.

Les appels d'Adriana se sont tus. Elle a allumé la radio dans la cuisine. Les piles sont usées, la radio grésille. Je la rejoins pour écouter le flash météo de ce 4 novembre. Un sirocco de force 8, avec des rafales à plus de 100 km/h, s'est levé sur l'Adriatique. On s'attend à une acqua alta sans précédent. Elle pourrait atteindre 1,50 m à midi et continuer à monter tout au long de l'après-midi. Quand on sait que le niveau d'alerte est fixé à 1,20 m, on comprend à quel point la situation est catastrophique.

– Le plus sage est sans doute pour vous, chers auditeurs vénitiens, de vous calfeutrer à la maison et d'attendre la décrue, conseille le journaliste de la météo.

Adriana me regarde d'un air consterné.

– Pourvu que Spritz ne soit pas dehors.

Avec l'espoir de dénicher la minette au ventre rebondi et d'apaiser les craintes de mon amie, je propose une perquisition de l'appartement. Nous inspectons méticuleusement chaque mètre carré du logement, depuis le sofa du salon jusqu'au recoin sous l'escabeau, du placard à vêtements aux pantoufles sous le lit (car il est bien connu que les chattes aiment mettre bas au creux de vieilles pantoufles oubliées). Difficile, cependant, de fouiller un domicile sans éclairage. Le ciel gris et bas ne laisse filtrer qu'une lumière triste. À l'intérieur, les lampes ne s'allument plus. La ville entière est privée d'électricité. C'est à la bougie qu'il faut chercher. La battue, hélas, se révèle vaine, au grand désespoir d'Adriana qui déclare soudain :

– Spritz sera partie en vadrouille dans le quartier et l'acqua alta l'aura empêché de rentrer. Viens, je connais deux ou trois endroits où elle a pu trouver refuge.

Partir à la recherche de la petite chatte dans la ville inondée ? Je jette un regard dubitatif à la fenêtre.

– Et tes parents, il ne faudrait pas les prévenir ?

– Ils sont partis tôt ce matin aider ma grand-mère. Elle habite au rez-de-chaussée.

Son appartement a sans doute été envahi par la marée et il a probablement fallu la transporter chez les voisins du premier. Je n'arrive pas à les joindre au téléphone. L'acqua alta a coupé toutes les communications.

Plus d'électricité, plus de téléphone, plus de chauffage et un mètre d'eau en bas de la maison dans la calle !

– Mais, Adriana, balbutié-je, comment veux-tu aller où que ce s…

Ma correspondante ne me laisse pas achever ma phrase.

– Il y a un canoë-kayak sur le palier !

Quand nous arrivons en pagayant à Saint-Marc, nous découvrons une Venise subaquatique. La Piazza a été avalée par la mer. Des barques et des gondoles y voguent comme s'il s'agissait d'un lac. Quelques personnes avancent péniblement dans les flots boueux, immergées jusqu'au torse. Seuls quelques enfants semblent s'amuser de la situation : depuis une estrade dressée là pour la fête de l'Unité nationale, ils plongent en riant dans l'eau de la Piazza devenue piscine.

J'ai l'impression d'évoluer dans un rêve étrange. Tout en ramant mécaniquement aux côtés d'Adriana, je découvre un spectacle de science-fiction. Les boutiques sont totalement inondées et les marchandises irrémédiablement abîmées par l'eau salée. La basilique, pour la première fois de mémoire d'homme, est noyée jusque dans la nef. Les pontons et les pali de bois ont été arrachés par la tempête. Les gondoles flottent, fracassées, devant l'île de San Giorgio où elles étaient amarrées hier. Le palais des Doges est barbouillé par le mazout échappé de citernes éventrées. Les réverbères si romantiques de Saint-Marc ont été déracinés.

– On va chercher du côté de la biblioteca Marciana, déclare Adriana d'un ton résolu. Spritz a l'habitude de venir traîner sous les arcades des Procuraties. Le concierge de la bibliothèque lui donne souvent à manger.

Nous sommes à peine arrivées qu'Adriana s'extirpe de notre embarcation et court interroger les employés de la Marciana.

– Une chatte noire et blanche ? Qui attendait des petits ? Non, je ne l'ai pas vue, déclare une documentaliste.

– Ma pauvre petite demoiselle, s'exclame le concierge, je n'ai pas croisé Spritz depuis deux jours ! Enfin... heureusement que Sansovino[1] a construit les Procuraties au sommet d'une volée de marches ! Nos beaux manuscrits, nos précieux incunables et nos riches collections sont sauvés !

– Les manuscrits, je m'en fiche, me murmure Adriana en remontant dans le kayak et en ravalant ses larmes avant d'ajouter, la gorge serrée : Spritz s'est peut-être réfugiée aux Giardini Reali. Allons-y !

Notre canoë se détache des marches des Procuraties. Je m'apprête à diriger l'embarcation vers le milieu de la Piazzetta quand Adriana contrecarre ma manœuvre.

– Pas entre les deux colonnes !

Je soulève un sourcil circonspect.

– Ça porte malheur ! C'est là que les condamnés à mort étaient exécutés aux temps de la République.

Je jette un coup d'œil inquiet aux colonnes de Marc et Théodore qui se dressent à l'entrée de la Piazzetta. Leur socle disparaît presque entièrement sous les vagues. Un malheureux a trouvé refuge sur les quelques centimètres encore émergés de l'un d'entre eux et s'agrippe comme un désespéré au mât de marbre. Notre canoë, hélas, ne contient que

1. Architecte et sculpteur italien (1486-1570).

deux places. L'homme accroché à son pilier devra attendre d'autres secours ou se résoudre à prendre un bain. Comme nous faisons demi-tour, nous heurtons une curieuse embarcation qui débouche du Bassin de Saint-Marc : un bahut en bois transformé en esquif de fortune. À son bord naviguent deux garçons. Des excuses sont échangées, et des renseignements.

– Nous venons du Rialto, annonce l'un d'eux. Triste spectacle ! Des cageots pleins de légumes et de poisson flottent dans la boue autour du pont. Une vraie puanteur ! Tous les piani-terrà des palais sur le Grand Canal sont inondés. Sans parler des nappes de mazout partout. Dégoûtant !

Le reste de son commentaire est emporté par une rafale. Une vague secoue le bahut qui dérive vers le campanile. Quant à notre canoë, il est propulsé vers le môle puis vers les jardins. La désolation n'y règne pas moins qu'ailleurs. Les parterres d'herbe et les arbustes ont disparu sous les flots. Feuilles, branchages, mais aussi coffrets, chaussures, bonbonnes, crayons, abat-jour et autres objets insolites surnagent dans l'eau sale. Un violon vient cogner contre le kayak. Nous frissonnons en découvrant des cadavres de rats et de pigeons, noyés par le cataclysme. Cette vision provoque chez Adriana une violente crise de pleurs.

– Je suis sûre que Spritz est morte, elle aussi, murmure-t-elle en hoquetant. Elle ne s'est réfugiée ni sous les Procuratie Nuove, ni dans les arbres des Giardini. Elle a coulé quelque part au fond de cette ville transformée en Atlantide.

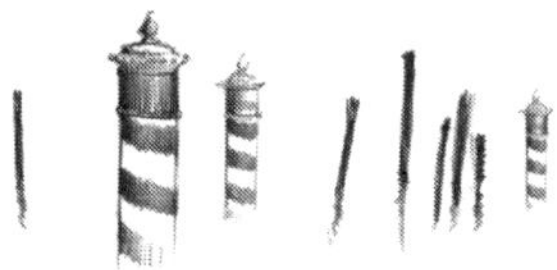

Le cœur serré, je lui demande :

– N'y a-t-il pas un endroit où elle a l'habitude de se promener ?

Adriana s'essuie les yeux avec un mouchoir détrempé.

– Une fois, raconte-t-elle, nous l'avons retrouvée sur le toit du Pont des Soupirs. Nous n'avons jamais compris comment elle s'était débrouillée pour grimper jusque là-haut. Mais elle est si agile. Bien sûr, avec son ventre plein…

Je ne laisse pas à ma correspondante le temps de terminer sa phrase ni à la tristesse celui de l'accaparer.

– C'est là qu'il faut chercher ! En avant pour le Pont des Soupirs !

Nous nous mettons à ramer avec énergie. Nous dépassons bientôt le bâtiment de la Zecca, la Piazzetta, le palais des Doges. Nous nous apprêtons à nous faufiler sous le Ponte della Paglia quand un miaulement déchire l'air. Il provient des nues. Nous relevons la tête dans un même mouvement.

– Spritz !

La chatte est là, perchée au balcon du palais ducal, au-dessus du chapiteau qui représente l'ivresse de Noé.

Ce soir, à l'abri des intempéries, dans une vieille pantoufle oubliée, Spritz a mis bas une portée de cinq chatons. J'ai fondu pour le plus roux d'entre eux, un mâle au pelage digne des chevelures flamboyantes des Vénus peintes par Le Titien. Adriana m'a proposé de l'adopter. Je reviendrai le chercher quand il sera sevré aux vacances de Noël. Mais déjà je l'ai baptisé du prénom qui s'imposait : Noé.

Je ne sais pas quand je pourrai rentrer à Paris. Les trains ne circulent plus, la gare est hors service. En ce début de soirée, l'acqua alta est à son maximum. 1,94 m annonce la radio.

– Jamais, par le passé, on n'a enregistré semblable inondation à Venise, poursuit le journaliste. On ignore quel sera le bilan de la catastrophe. On parle déjà de plusieurs morts. Les dégâts se chiffreront par dizaines de millions de lires. Surtout le traumatisme sera énorme. Pour la première fois depuis la naissance de leur cité, les Vénitiens prennent conscience que l'Adriatique, qui s'est au fil des siècles révélée leur plus fidèle alliée, et avec laquelle chaque année symboliquement ils se fiancent, cette Adriatique peut les trahir.

UNE VILLE BÂTIE SUR L'EAU

Aujourd'hui, cent dix-huit îlots entrelacés avec cent quatre-vingts canaux forment Venise.

À l'origine, il n'y a que quelques îlots éparpillés dans la lagune. Vers le VIe siècle, des hommes s'y installent. Peu à peu, ils conquièrent les arpents de vase qui les entourent, jusqu'à construire une cité.

Une cité de bois, de marbre et de pierre.

Ces matériaux manquaient sur la lagune. Il faut les importer. Le marbre de Vérone ou de Carrare, la pierre d'Istrie, les arbres des Alpes, dont les troncs immenses, enfoncés dans le sol, soutiennent les fondations des maisons et des palais.

Il faut aussi protéger Venise des fleuves et de la mer qui menacent sa lagune et ses ports. Alors, dès le XIIe siècle, les Vénitiens n'hésitent pas à détourner le cours des fleuves, celui de la Brenta, celui du Pô. Au XVIIIe siècle, ils édifient des murazzi, des digues de pierre, le long du lido, ce mince cordon de sable qui sépare leur cité de l'Adriatique.

Aujourd'hui, les acque alte se font plus nombreuses, plus importantes. Le projet Moïse est en cours de réalisation : construire à chacune des entrées de la lagune une rangée de portes mobiles qui se relèveront lors des marées exceptionnelles, et isoleront Venise de la mer.

LES AUTEURS

Eva Prud'homme conjugue deux passions : l'histoire et les histoires. L'histoire, elle l'enseigne auprès de collégiens et de lycéens. Quant aux histoires, elle les écrit. Elle a déjà publié deux romans policiers historiques pour les adultes. Mais un jour une troisième passion a fait irruption dans sa vie : le théâtre. Depuis, elle a joué dans une vingtaine de pièces.
Elle est amoureuse de Venise où elle a passé plusieurs années. Si elle vit aujourd'hui à Paris, elle retourne régulièrement parcourir les ruelles et les places de la cité des Doges pour y puiser l'inspiration.

Après des études d'histoire à la Sorbonne et un DEA à Paris II, **Olga Prud'homme-Farges** participe à des recherches archéologiques au Bangladesh, au Sri Lanka, en Inde, Italie et Israël. Journaliste, elle est aussi co-auteur d'un dictionnaire pour les adolescentes.
Passionnée par les cultures asiatiques, elle écrit pour des quotidiens, travaille pour la télévision et filme des enfants sur tous les continents. Elle réalise et produit de nombreux films documentaires.

L'ILLUSTRATEUR

Né près de Lyon en 1981, **Adrien Chapuis** a fait ses études à l'école d'art Émile-Cohl de Lyon où il enseigne à présent. Voyageur dans l'âme, mélomane et amateur de confiture à la framboise, il illustre aussi les histoires qu'il écrit pour les enfants… et les plus grands. Sa tête bouillonne de projets nomades et artistiques.

Achevé d'imprimer en France en novembre 2005
sur les presses de l'imprimerie Hérissey
Dépôt légal : avril 2006
N° d'édition : 4271
N° d'impression : 100693